야산에 묻혀 버렸더니 5

2023년 9월 6일 초판 1쇄 인쇄
2023년 9월 11일 초판 1쇄 발행

지은이 소수림
발행인 강준규

기획 이기헌 왕소현 임동관 박경무 강민구 조익현
책임편집 천기덕
마케팅지원 이원선

발행처 (주)로크미디어
출판등록 2003년 3월 24일
주소 서울시 마포구 마포대로 45 일진빌딩 6층
Tel (02)3273-5135 Fax (02)3273-5134
홈페이지 rokmedia.com E-mail rokmedia@empas.com

값 9,000원

ISBN 979-11-408-1163-2 (5권)
ISBN 979-11-408-1158-8 04810 (세트)

UTOPiA

야산에 불 혀뻐렸더니

소수림 현대 판타지 장편소설 ⑤

ROK MEDIA

CONTENTS

립스틱 광고를 물어뜯다

한편, 유토피아 대표실.

석기는 맞은편 소파에 자리한 표정이 잔뜩 굳어진 광고제작팀장 유승열과 기획홍보팀장 홍민아의 모습에 그도 기분이 좋지 못했다.

그러니까 이틀 전의 일이었다.

립스틱 광고 촬영을 하루 앞두고 석기가 건넨 법카로 소고기를 실컷 먹은 〈아우라〉 멤버들은 다음 날 힐링센터의 30분 케어만으로 마법처럼 최상의 비주얼을 갖춘 상태로 파주의 촬영 현장으로 떠났다.

그랬는데 막상 그곳에 도착해 보니 촬영 현장이 엉망으로 변해 있었다. 도저히 촬영할 수 없는 상황이라 급히 다른 곳을 물색하게 되었는데, 문제는 다음 날 촬영 현장으로 택한 곳도 그와 비슷한 분위기라는 점이었다.

관리 책임자의 말로는 밤새 폭주족이 몰려와 세트장을 난장판으로 만들어 놓은 것이라고 했다.

이쯤 되니 감이 왔다.

폭주족을 사주한 인물이 있을 터.

가장 첫 번째로 떠오르는 인물은 바로 명성미디어 오장환 회장이었다.

안 그래도 오성 냉장고 광고를 유토피아 소속 연예인인 민예리와 한여진이 따낸 것에 심기가 잔뜩 뒤틀렸을 텐데, 거기에 유토피아에서 서둘러 립스틱 광고까지 찍는다고 하니 복장이 터졌을 것이다.

해서 립스틱 광고를 찍지 못하게 하고자 폭주족을 사주하여 이틀이나 연달아 촬영 장소를 난장판으로 만들어 놓도록 했을 터.

오장환의 의도는 뻔했다.

사실 오장환은 오성의 냉장고 광고는 몰라도, 립스틱 광고는 크게 안중에 두지 않고 있을 터.

그랬기에 그저 유토피아에 분풀이를 하려는 의도로 립스틱 광고 촬영을 지연시켜 광고제작팀과 〈아우라〉 멤버들의 진을 빼 버릴 의도로 그런 짓을 저질렀을 것이다.

립스틱 광고를 크게 안중에 두지 않고 있긴 해도, 진이 빠진 상태에서 찍은 광고가 결코 좋은 광고가 될 리는 없을 테니 오장환 입장에선 나름 소소한 복수가 될 수도 있을 것이다.

'오장환! 네놈이 그렇게 나와 주니 오히려 잘되었다. 보란 듯이 립스틱 광고를 성공시켜 뒤통수를 후려갈겨 주마!'

석기는 차라리 이번 일을 전화위복으로 삼을 생각이다.

유승열이 정한 립스틱 광고 콘셉트.

립스틱 광고라는 것에 유토피아 걸그룹 〈아우라〉보다 립스틱에 초점을 맞춘 광고 콘셉트였다.

립스틱 광고라는 것만 놓고 생각하면 괜찮은 콘셉트이긴 했지만 석기의 입장에선 살짝 마음에 걸리는 부분이 있긴 했다.

립스틱에 치중하다 보니 〈아우라〉 멤버들의 매력발산이 부족하다는 점이었다.

"차라리 잘되었습니다! 이렇게 된 것, 립스틱 광고는 우리 유토피아에서 찍도록 하죠!"

"그게 무슨 말씀이죠? 설마 회사에서 광고를 찍겠다는 건가요?"

"네! 맞아요! 전에 유토피아 식구들을 모아 놓고 행사홀에서 노래를 부른 것처럼 행사홀을 촬영장으로 사용해도 괜찮겠단 생각이 드네요. 그리고 광고 콘셉트도 그냥 단순하게 가는 것도 좋을 듯싶습니다."

"단순하게?"

의아한 표정을 짓는 유승열에게 시선을 맞춘 석기가 계속 말을 이어 나갔다.

"립스틱 광고를 찍는다는 식으로 접근하지 말고, 그냥 걸그룹 〈아우라〉를 대중에 보여 주는 방식은 어떨까 싶은데요."

"그럼 혹시 〈아우라〉 멤버들의 무대를 립스틱 광고로 활용하자는 말인가요?"

"무리일까요? 걸그룹 〈아우라〉를 립스틱 〈아우라〉와 굳이 따로 떨어트릴 필요 없이 한 몸이라고 생각하면 좋을 듯해서요. 그리고 멤버들을 대중에 가장 자연스럽게 어필할 수 있는 것도 바로 무대에서 노래를 부르는 모습이 아닐까 생각하고요."

"하아!"

유승열은 한 방 얻어맞은 표정이었다.

립스틱 광고라는 것에 갇혀 큰 그림을 놓친 것을 이제야 깨달은 기색이다.

"그러니까 대표님은 〈아우라〉 멤버들이 노래를 부르는 모습만으로 충분히 립스틱 광고가 될 수 있다는 말씀이로군요."

"맞습니다. 유 팀장님이 기획한 광고 콘셉트도 나무랄 데 없긴 하지만, 이왕 판이 달라졌으니 핵심만 놓고 심플하게 가는 것도 좋을 듯싶어서요."

"제가 한 방 먹었습니다. 나무를 보느라 숲을 보지 못했군요. 촬영 현장이 난장판이 된 덕분에 오히려 전화위복이 되었습니다. 더 멋진 광고를 찍을 수 있게 되었어요."

"하하! 그렇게 말씀해 주시면 저야말로 감사하죠."

훈훈한 석기와 유승열의 분위기에 홍민아도 환한 기색으로 끼어들었다.

"전화위복이 맞네요! 호호! 이렇게 되면 광고 촬영비도 최소한의 비용으로 제작될 수 있겠어요!"

유토피아 행사홀에서 걸그룹 〈아우라〉가 노래를 부른 모습을 립스틱 광고로 만든다면 촬영 현장을 따로 섭외할 필요가 없다는 점과, 거기에 광고 촬영장이 바로 회사이니 동선이 짧아서 이동 시간도 단축되어 여러모로 유리했다.

그러자 석기가 기회를 몰아 다시 제안했다.

"멤버들 의상도 단순하게 가면 어떨까요?"

"단순하게요?"

"청바지에 티셔츠만 입혀도 예쁜 아이들이니 말이죠."

석기의 말에 홍민아가 눈을 빛내며 적극적으로 나섰다.

"맞아요, 대표님! 청바지에 하얀색 티셔츠를 입고 노래를 부르는 모습도 신선하고 상큼하겠어요. 괜히 요란하게 치장하는 것보다 신인 걸그룹이란 점에 차라리 그런 모습이 대중에 더 어필이 될 수도 있을 것 같아요!"

홍민아 말에 유승열도 동감했다.

사고방식을 전환하니 앞서 기획했던 광고 콘셉트가 머릿

속에서 깨끗하게 지워졌다. 더 좋고 멋진 광고를 찍게 된 것에 오히려 가슴이 설레었다.

"좋습니다! 촬영장과 의상은 그렇게 가도록 하죠. 그리고 광고 카피로 조금 전에 대표님께서 하신 말씀을 집어넣어도 될까요?"

"어떤 말을 말이죠?"

"걸그룹 〈아우라〉와 립스틱 〈아우라〉를 따로 생각하지 말고 한 몸처럼 여기라고 하셨잖아요. 그런 의미로 간단하게 이렇게 가죠. 〈아우라〉는 〈아우라〉다로."

"〈아우라〉는 〈아우라〉다?"

"네! 심플하게 말이죠."

"좋네요! 그렇게 하면 걸그룹 〈아우라〉와 립스틱 〈아우라〉를 동시에 홍보하는 효과를 볼 수 있겠는데요. 완전 가성비 짱이네요. 호호!"

"흐음! 홍 팀장님이 그렇게 말을 하니 저도 찬성입니다!"

"하하하! 그럼 이러고 있을 시간이 없네요. 오후에 광고 촬영을 시작하겠습니다!"

"그게 좋겠네요."

모두가 환하게 웃었다.

이틀 동안 촬영이 지연된 것에 가슴을 졸였던 것이 거짓말처럼 느껴질 정도로 다들 생기가 넘쳤다.

한편, 명성미디어 회장실.

"지금쯤 신석기 그놈 속이 터지고 있겠군. 오성의 냉장고 광고와 비교할 수는 없지만 그래도 립스틱 광고를 제대로 찍게 둘 수는 없지. 안 그런가?"

"맞습니다! 그런 의미로 다음 립스틱 촬영 장소도 난장판을 만들어 버리도록 하겠습니다."

"폭주족 놈들 입단속은 단단히 시켰겠지?"

"유토피아에서 알아도 상관없지 않습니까? 오리발을 내밀면 그만이니 말이죠."

"그건 맞네! 큭큭큭! 그나저나 핸드폰 광고를 찍으려면 부지런히 명품 가방을 모아야 할 걸세. 돈이 얼마가 들어도 좋으니 가급적 억대를 호가하는 가방도 집어넣는 것이 효과가 좋을 거야."

"유념하겠습니다."

비서실장 양기택이 오장환을 향해 허리를 굽실거렸다.

오후가 되었다.
유토피아 행사홀.

그곳을 립스틱 광고 촬영 현장으로 이용하게 되었다.

행사홀은 순식간에 촬영 현장으로 둔갑했고, 〈아우라〉 멤버들인 정나우, 서이서, 한여진이 청바지에 하얀색 티셔츠를 걸친 모습으로 무대 근처에서 스탠바이하고 있었다. 또한 객석으로 준비된 곳에는 유토피아 식구들이 죄다 몰려나와 〈아우라〉 멤버들을 응원하기 위한 여러 가지 도구들을 준비하여 객석을 차지하고 있었다.

석기와 측근 박창수와 구민재도 행사홀에 참석했다.

곧 촬영에 들어간다는 유승열의 말에 더욱 바짝 긴장한 멤버들의 분위기였기에 석기가 긴장을 풀어 주고자 나섰다.

이럴 때는 성수가 최고였다.

석기는 멤버들에게 성수로 전환한 생수로 목을 축이게 했다. 셋의 표정이 다소 안정되어 보이자 석기가 웃는 낯으로 긴장을 풀어 주었다.

"광고를 찍는다는 부담은 갖지 말고, 한번 신나게 놀아 보세요! 광고에 들어갈 분량은 유 팀장님이 알아서 멋지게 뽑아 줄 테니까요."

"저희 정말 그래도 돼요?"

"네! 그래도 돼요! 하하!"

"저희 노래 부르는 모습을 립스틱 광고로 쓴다고요?"

"맞아요."

"광고인데 그래도 괜찮아요?"

"괜찮으니 염려 말고 마음껏 끼를 발산해 봐요."

걱정스레 석기를 향해 몇 가지 질문을 던졌던 멤버들이 그 제야 편안해진 기색으로 고개를 끄덕거렸다. 석기가 하는 말 이니 믿어도 좋을 터.

"레디! 액션!"

메가폰을 잡은 유승열의 힘찬 숏 사인이 흘러나왔다.

청바지에 흰 티셔츠를 걸친 멤버들이 무대로 올라섰다.

힐링센터의 케어 덕분에 비주얼이 최상인 멤버들이다 보 니 차라리 요란한 치장보다 단순한 차림새가 그녀들 매력을 더욱 돋보이도록 만들어주었다.

걸그룹 〈아우라〉.

그녀들이 찍는 립스틱 광고.

하지만 무대에 올라선 순간 멤버들은 광고를 찍는다는 생 각을 머릿속에서 비웠다. 석기의 말대로 신나게 즐길 작정 이다.

♬ ♪ ─.

음향 장비에서 노래 반주가 흘러나오자 멤버들의 표정이 요염하게 달라졌다.

정나우, 서이서, 한여진.

포지션에 맞게 각자의 파트에서 끼를 발산하는 모습에서 매력이 철철 넘치고 있었다.

하나도 버릴 구석이 없었지만.

나중에 광고로 만들게 되면 지금의 모습 중에서도 최고의 매력적인 모습이 엑기스로 뽑아지게 될 터. 물론 그걸 결정하는 것은 순전히 유승열의 몫이었다.

　와아아아!

　"아우라!"

　"아우라!"

　객석에 동원된 엑스트라 대역인 유토피아 식구들이 응원 도구를 흔들며 걸그룹 〈아우라〉를 열렬히 외쳐댔다. 매력적인 멤버들의 노래에 흠뻑 빠져버린 객석의 반응이었다.

　무대에서 노래를 부르는 자체만으로 립스틱 광고가 자연스럽게 만들어지고 있었다.

　'아우라가 넘실거린다.'

　석기의 입꼬리가 올라갔다.

　무대에 선 멤버들에게서 휘황찬란한 아우라가 넘실거렸다.

　'어쩌면 오성 냉장고 광고를 능가할지도 모르겠군.'

　립스틱 광고만으로 충분히 MB방송국 드라마에 커다란 파급효과를 가져다 줄 수 있을 것이라 자신했다.

　"오케이이이! 컷!"

　유승열 역시 흥분한 기색으로 힘차게 오케이 사인을 외쳐댔다.

　멤버들의 무대를 립스틱 광고로 사용하자는 석기의 발상

덕분에 광고 촬영이 하루 만에 끝나게 된 것이다. 물론 순간 순간의 장면을 포착하는 일도 필요했기에 세세한 장면을 찍는 작업이 더 남긴 했지만 그 역시 시간이 많이 소요되지는 않을 터.

"저희들 다시 찍어도 괜찮아요."

"맞아요! 광고로 나가는 건데 몇 번을 무대에 서라고 해도 상관없어요!"

유승열에게 한 번에 오케이 사인을 받은 〈아우라〉 멤버들이 오히려 당황한 눈치였다.

석기 말대로 무대에서 신나게 노래를 불렀을 뿐인데 그것으로 되었다고 하니 말이다.

'다들 유 팀장을 몰라서 저런 소리를 하는 거지.'

광고 촬영 시에 절대 타협이 불가한 인물이 바로 유승열이란 점. 마음에 안 드는 장면에선 며칠이 걸려도 절대 오케이 사인을 내지 않기로 유명한 인간이다.

나중에 광고를 보면 알게 될 터.

지금의 장면이 얼마나 근사하게 찍혔는지 말이지.

"대표님! 이렇게 되면 립스틱 광고는 계획한 일정대로 차질 없이 진행되겠습니다."

구민재는 자신이 만든 립스틱 광고라서 그런지 큰 관심을 보였다. 구민재 말에 석기가 웃으며 동의했다.

"맞아요. 본래 일정대로 매스컴에 선을 보일 수 있을 겁니다."

두 사람의 대화에 박창수가 씩 웃으며 끼어들었다.

"이거, 누구 덕분에 립스틱 광고가 더 근사해졌습니다. 나중에 이 사실을 알게 되면 누군가 뒷머리를 잡고 쓰러지겠지만요. 흐흐!"

박창수가 언급한 인물이 누구인지 알고 있기에.

석기는 상당히 즐거운 표정으로 엄지를 들어 보였다.

"다들 수고하셨습니다!"

"와아아! 촬영 끝났다!"

립스틱 광고 촬영이 끝났다.

시간이 별로 없는 상황이었기에 하루 만에 광고 촬영이 종료가 된 것에 제작사 직원들은 크게 흥분한 기색이었다.

이틀 동안 연달아 섭외해 놓은 광고 촬영 장소가 난장판으로 변해 버려 광고 촬영이 지연되었기에 잔뜩 가슴을 졸이고 있었던 탓이다.

그랬는데 본래 정한 광고 콘셉트보다 더욱 훌륭한 광고를 찍게 되었으니 제작사 직원들은 무거운 짐을 내려놓은 홀가분한 표정들로 주먹을 마구 흔들고 감격에 겨운 환호성을 질러 댔다.

"좋았어! 립스틱 대박 가즈아!"

그런 제작사 직원들의 들뜬 분위기에 편승하듯이 메가폰을 잡았던 유승열도 솔직하게 기쁜 감정을 드러냈다.

석기의 제안으로 광고 콘셉트를 단순하게 간 것이 먹혔다. 힘을 빼고 자연스럽게 〈아우라〉 멤버들이 무대에서 신명나게 노래를 부르는 장면을 찍은 것이 오히려 립스틱을 효과적으로 부각시킬 수 있을뿐더러, 멤버들의 매력을 한껏 돋보일 수 있게 만들어 주었다.

"나우 언니! 광고 촬영 끝났대!"

"그러게! 그저 무대에서 노래를 부른 것이 다인데 벌써 광고 촬영이 끝났다니 너무 얼떨떨해."

"립스틱은 하나도 등장 안했는데 정말 이대로 괜찮은 걸까?"

"대표님이 제안한 광고 콘셉트라니 괜찮긴 할 거야."

"하긴 대표님 말씀을 잘 들으면 자다가도 떡이 생길 테니까. 흐흐! 여진이 얘 아직 정신 못 차리고 있는 거 봐."

립스틱 광고 촬영이 끝난 것에 얼떨떨한 감정도 없지 않았던 정나우와 서이서는 석기를 믿고 있기에 금방 표정이 밝게 돌아왔지만, 한여진은 어딘지 아직 멍하니 제정신이 아닌 듯 보였다. 그런 한여진이 향한 방향에는 석기가 있었다.

측근들과 환하게 웃으며 덕담을 주고받고 있는 석기의 모습에 그제야 한여진도 광고 촬영이 제대로 끝났다는 것에 안도가 되어서인지 볼이 발갛게 상기가 되었다.

석기가 웃고 있다는 것.

그건 곧 광고 촬영이 멋지게 끝났다는 것을 의미했기에.

그때 촬영현장으로 사용된 행사홀에서 분주히 움직이고 있던 기획홍보팀장 홍민아가 석기 근처로 다가와 활짝 웃어 보였다.

"대표님! 저예산으로 립스틱 광고 촬영을 하게 되었으니 오늘 소고기 회식 어때요?"

"그럽시다!"

"실컷 배터지게 먹어도 괜찮죠?"

"그러세요! 하하하!"

석기는 기분이 아주 좋았다.

이번 광고도 대박 스멜을 느꼈다.

특히 오장환의 방해공작이 오히려 전화위복이 되어 립스틱 광고를 더욱 멋진 광고가 될 수 있도록 도와준 셈이 되었다.

물론 오장환은 그걸 모르고 있을 테니 더욱 쌤통이었다.

❉

　명성미디어.

"양 실장, 지금 뭐라고 했어! 립스틱 광고를 유토피아 회사 안에서 찍었다고?"

"그렇다고 합니다. 그것도 단 하루 만에 립스틱 광고 촬영을 모두 끝냈다고 합니다."

"하루 만에?"

오장환 입가에 서린 웃음은 비웃음이 명백했다.

고작 하루 광고 촬영을 했다.

아마도 섭외된 광고 촬영 장소를 폭주족들을 사주하여 난장판으로 만들어 놓도록 한 것이 영향을 끼쳤을 터. 마음이 급해서 서둘러 대충 광고를 찍었던 모양인데, 그런 광고가 제대로 촬영되었을 리 만무했다.

"립스틱 광고는 더는 신경 쓰지 않아도 되겠군."

"하지만…… 광고 촬영이 끝난 상황이니 알지 핸드폰 광고보다 앞서 매스컴에 노출되게 될 겁니다."

"그래도 상관없다! 고작 하루에 만들어진 광고로는 절대 핸드폰 광고를 압도할 수 없을 터! 지금 우리가 신경 쓸 광고는 오로지 오성 냉장고 광고뿐이다. 물론 그것도 결국은 알지 핸드폰 광고에 밀릴 것이지만."

오장환은 알지 핸드폰 광고를 찍게 되면 반드시 대박을 터트릴 광고가 될 것이라 자신하고 있었기에 하루 만에 촬영이 끝난 립스틱 광고를 더는 생각할 가치가 없다고 판단했다.

적어도 알지 핸드폰 광고의 상대가 되려면 대기업 오성에서 찍는 냉장고 광고 정도는 되어야만 한다고 여겼기에.

"명품 가방을 구하는 문제는 어떻게 되었지?"

"안 그래도 광고 촬영에 지장을 초래하지 않게 하고자 자재팀 직원들을 총동원해서 최대한 신상을 쓸어 모으고 있는 상황입니다. 하지만 억대를 호가하는 가방은 금방 구하기가 어려운 점이 있습니다. 해서 억대를 호가하는 명품 가방을 소지한 사람들에게 몇 배로 돈을 제시하고 사들이는 방법도 생각하고 있는 중입니다."

"하여간 촬영 날짜에 맞춰서 가방들을 필히 구해 놓아야만 할 거야. 확실하게 과시적인 효과를 보려면 가격을 수십 배를 쳐주더라도 반드시 진품으로만 구하도록 하고."

"유념하겠습니다."

양기택은 차마 오장환 앞에선 말은 못했지만 속으로 명품 가방을 불태워 버리자는 광고 콘셉트를 제안했던 제작사 직원의 뺨따귀를 왕복으로 후려갈기고 싶은 심정이었다.

명품 가방을 불태워 버리는 장면을 광고로 사용했다간 대중의 원망이 자자할 것은 당연했다.

하지만 이미 명품 가방을 불태워 버리는 것에 단단히 필이 꽂힌 오장환이었기에 그걸 거역했다간 피바람이 불 것이다.

게다가 문제는 알지 핸드폰 광고 모델을 맡은 진수아도 오장환과 마찬가지로 명품 가방을 불태워 버리는 광고를 찍는 것을 짜릿하게 생각하는 눈치였다.

또한 알지그룹에서도 핸드폰 광고 촬영을 모두 명성제작사에 일임한 상태였고, 은근히 오성을 의식하는 입장인지라 이번 광고로 대중에 뜨거운 화제가 될 수 있다는 것에 내심 기대하는 눈치였다.

이런 판국에 양기택도 눈치가 있지 괜히 바른 소리를 했다가 얻는 것도 없을 터였기에 죽이 되든지 밥이 되든지 시키는 대로 따르는 것이 답이라고 여겼다.

"양 실장! 특히 H사 신상 가방은 반드시 광고 촬영에 꼭 집어넣도록 해야 할 거야."

"안 그래도 그곳에서 오늘 연락을 주기로 했습니다."

그때였다.

웅웅!

마침 전화가 울렸다.

양기택 핸드폰이었다.

세계적인 명품 가방을 생산하는 곳으로 명성을 날리는 H사 신상품판매팀에서 온 연락이라는 것에 양기택이 오장환에게 양해를 구하고 얼른 전화를 받았다.

영어 회화가 능통한 덕분에 양기택은 상대와 통화를 하는 것에 지장을 초래하지는 않았다.

"그러니까 이번 신상을 예약해 놓은 손님에게 가방이 돌아가는 바람에 저는 다음 차례를 기다려야 한단 말이죠? 그럼 얼마나 기다리면 되는 거죠?"

—이번 신상은 특별히 공을 들인 수제 가방인지라 적어도 공정이 끝나려면 3개월 정도는 기다리셔야만 할 겁니다.

"하아! 3개월이나요? 저희들 촬영 날짜가 얼마 남지 않아서 그때면 너무 늦는데요. 죄송하지만 가방을 최대한 빨리 손에 넣을 수 있는 방법은 없는 겁니까?"

-죄송합니다. 저희는 공정 기간을 엄정하게 준수하는 편이라서 그 안에는 가방을 만드는 일이 불가능할 것 같습니다.

상대와 통화가 끝난 양기택이 오장환을 돌아다봤다.

영어 회화가 양기택처럼 능통하지는 못해도 웬만한 말은 알아들을 수 있던 오장환이다.

그래서인지 곁에서 통화 내용을 들은 오장환의 눈에서 불꽃이 이글거리고 있었다.

세계적으로 명성을 날리는 H사의 신상 가방은 알지 핸드폰 광고에 꼭 필요했다.

그것이 빠진다면 아무리 다른 명품 가방들을 잔뜩 태운다고 해도 뭔가 2%로 부족한 느낌이 들 것이라 여겼기에.

"양 실장! 당장 신상 가방을 손에 넣은 사람이 누구인지 알아내서 가방을 구매하도록 해! 그 가방이 빠지면 광고 분위기가 제대로 날 수 없을 테니까 반드시 신상 가방을 손에 넣어야만 해! 그걸 불 태워야만 광고가 살아날 거란 말일세!"

"아, 알겠습니다!"

양기택은 다시 H사에 전화를 걸어 앞서 가방을 차지한 고객의 정보를 알아내고자 했다.

하지만 고객 정보를 함부로 유출할 수 없다는 말에 양기택은 명성 정보팀을 풀가동해서 어렵게 고객 정보를 알아낼 수 있었다.

그렇게 알아낸 고객 정보.

다행히 한국인이었다.

한국의 유명 셀럽 중의 하나인 은가비라는 여자였다.

명품 가방 수집이 취미인 그녀는 H사의 신상 소식이 뜨기가 무섭게 몇 개월 전에 예약을 걸어서 겨우 가방을 손에 넣게 된 상태였다.

"양 실장! 돈을 몇 배를 주더라도 그 가방을 사들여!"

결국 양기택은 은가비를 만나 협상을 하게 되었다.

처음에는 씨알도 먹히지 않았다.

몇 개월을 기다려 어렵게 손에 넣은 명품 가방을 자식처럼 여기는 그녀였기에. 게다가 가방을 광고 촬영을 위해 불태운다는 말을 듣고는 그녀를 양기택을 사이코 미친놈처럼 취급했다.

"좋아요! 정 그렇게 이 가방이 필요하다면 100배를 준다면 생각해 보죠! 그러니 그만 돌아가세요!"

은가비는 가방의 가격을 100배로 불렀다. 1억 3천을 주고 구입한 가방이니 100배면 130억 원이다. 정말 팔고 싶어서 부른 가격은 아니었다. 그저 100배를 부르면 알아서 떨어져 나갈 것이라 생각했던 탓이다.

"100배를 드리면 그 가방을 팔겠다는 말이죠? 그렇다면 잠깐만요. 저희 회장님과 통화를 나눠 보고 말씀드릴게요."

양기택은 오장환에게 연락했다.

아무래도 100배로 주고 가방을 구입하기엔 워낙 간이 떨리는 금액이었기에 오장환의 재가가 필요했다.

-100배면 대체 얼마야?

"130억 원입니다, 회장님!"

-흐음! 세긴 하군.

오장환은 양기택 연락에 처음에는 100배로 가격대를 제시한 것에 어이가 없었지만, 반드시 H사의 신상 가방을 손에 넣어야만 했기에 구매하라고 지시했다.

그렇게 1억 3천만 원짜리 가방을 100배인 130억 원으로 구입을 하게 되었다.

❊

진수아의 집.

명성금융 전무이사 진태형은 퇴근을 해서 집으로 돌아왔고, 딸 진수아와 광고 문제를 놓고 얘기를 나누게 되었다.

"아빠! 명성에서 명품 가방을 얼마나 구했을까요? 적어도 대중의 뜨거운 반응을 끌어내려면 이왕이면 억대를 호가하는 H사 신상 가방이면 좋을 텐데요."

"걱정마라. 안 그래도 퇴근 전에 양 실장하고 통화를 나눴는데 H사에서 나온 신상 가방을 손에 넣었다고 한 자랑 하더라."

"와! 잘되었네요! 신상 가방이면 가격대도 그렇지만 족히 몇 개월은 기다려야만 했을 텐데 어떻게 구했대요?"

진태형이 호기심으로 가득한 진수아 얼굴을 웃으며 쳐다 봤다.

"이번에 신상을 구매한 사람에게 광고 촬영에 꼭 사용해야 하니 양해를 구했나 보더라."

"그래도 신상 가방인데 공짜로 주지는 않았을 거 아녜요?"

"그거야 당연하지. 그런 가방을 소지할 정도면 돈 걱정은 없는 사람이라서 양 실장이 가방 주인과 협상하는 데 애를 먹었다지."

"얼마를 줬대요?"

"100배를 줬다고 하지?"

"100배면 얼마나 되는데요?"

"130억 원!"

"지, 진짜요?"

"양 실장이 괜히 거짓말을 했을 리는 없을 테니 사실이겠지."

"대박!"

눈이 동그래진 진수아의 모습에 진태형이 씁쓸히 웃었다. 사실 진태형도 양기택과 통화를 나눌 때 가방을 사들인 가격을 듣고는 엄청 놀라긴 했다.

"오 회장은 지금 오성 냉장고 광고 때문에 눈에 보이는 것이 없을 테니까 돈 따위는 안중에도 없을 거다. 아빠가 보기엔 핸드폰 광고 찍기만 하면 반드시 성공할 광고가 될 것이라 믿는다."

"아빠 말을 들으니 안심이 되네요. 근데 유토피아에서 립스틱 광고를 먼저 매스컴에 노출시킨다는 말이 있던데요."

"그거 나도 들었다. 하지만 하루 촬영해서 만든 광고가 어련하겠어? 유토피아에서 괜히 먼저 매스컴에 노출시킬 의도로 서둘러 만든 광고인 모양인데, 그딴 광고를 노출시켜 봤자 득보다 실이 많을 거다. 알지 핸드폰 광고는 가방 하나에 130억이나 쏟아붓고 있는데 그딴 저예산 광고로 어디 상대가 되겠어? 그러니 립스틱 광고는 전혀 신경 쓸 필요가 없다고 생각한다."

"알겠어요."

진수아는 부친 진태형의 말에 환하게 웃으며 고갤 끄덕였다. 명성의 오장환도 그렇지만 이들 부녀도 립스틱 광고는 안중에도 없다는 기색들이었다.

유토피아 대표실.
유승열이 석기를 찾아왔다.
립스틱 광고 촬영이 끝나자 사흘 동안 제작실에 틀어박혀 광고 편집에 매달렸던 유승열이다. 광고를 촬영하는 것은 하루에 끝났기에 편집 작업에 상당히 공을 들인 셈이라 볼 수 있었다.

"저를 찾아오신 것을 보니 광고 편집이 끝난 모양이군요."

"그렇습니다. 드디어 립스틱 광고 편집이 모두 끝났습니다."

석기가 유승열 얼굴을 살펴봤다.

다크서클이 턱 끝까지 줄줄 내려온 초췌한 몰골이나 눈빛이 밝다.

광고 편집이 마음에 들게 끝났다는 의미일 터.

"이쪽으로 앉으시죠. 마침 유 팀장님께 드리려고 준비한 차가 있거든요."

"어떤 차인지 궁금한데요?"

"커피는 많이 드셨을 테니 허브차로 준비했습니다. 누적된 피로를 풀어 주는 데 효과가 좋을 겁니다."

석기는 유승열이 소파에 앉자 그동안 광고 편집에 매달리느라 고생을 한 유승열을 위해 성수가 들어간 따뜻한 허브차를 건넸다.

유승열이 반색하는 눈치였다.

돈을 주고도 구할 수 없는, 석기가 만든 특별한 허브차임을 알고 있기에 말이다.

"호오? 향이 은은하니 좋은데요?"

"천천히 드시고 나서 얘기를 나누도록 하죠."

"감사합니다."

석기는 유승열이 허브차를 다 마실 때까지 그도 함께 차를 들면서 조용히 기다려 주었다.

잠시 후. 성수로 제조된 특별한 허브차를 마신 덕분인지 유승열의 안색이 눈에 띄게 좋아졌다. 무엇보다 턱 끝까지 내려왔던 다크서클이 깨끗하게 사라져 버린 것이다.

[역시 대표님이 만들어 주신 차는 마법과도 같은 효과를 발휘한다니까. 컨디션이 쌩쌩해졌어.]

유승열은 쌓인 피로가 한 방에 날아간 것이 허브차의 영향임을 알고 있기에 속으로 감탄을 금치 못했다. 몸의 컨디션이 좋아진 유승열이 석기를 송구하단 표정을 지으며 쳐다봤다.

"최대한 빨리 편집을 끝내고자 했는데 제가 욕심을 부려서 좀 늦었습니다."

"사흘이면 늦은 것도 아니죠. 무엇보다 유 팀장님 마음에 들게 편집이 잘 끝난 것이 중요합니다."

"광고 시사회 일정을 빼려면 시간이 빡빡해서 고민입니다."

유승열의 말을 들은 석기.

그도 광고 시사회에 대해 생각한 것이 있긴 했다.

"유 팀장님! 이번 립스틱 광고는 시사회 없이 곧바로 매스 컴에 노출시키는 것은 어떻겠습니까?"

"저야 상관없지만⋯⋯. 그렇게 해도 괜찮겠습니까?"

"이번 광고는 그렇게 하는 것이 좋을 것 같군요. 어차피 일정을 빡빡하게 잡은 상태에서 시작한 광고이니 시사회는 생략해도 괜찮겠습니다. 그리고 저는 무엇보다 유 팀장님의 실력을 믿고 있으니까요."

석기의 말에 유승열이 멋쩍은 표정을 지었다.

그러다 요구할 것이 있는지 석기 얼굴을 슬쩍 쳐다봤다.

"시사회는 갖지 않더라도 대표님께서 확인은 해주시는 거 죠?"

"물론입니다. 〈아우라〉 멤버들과 함께 편집본을 확인하도 록 하죠."

"그럼 되었습니다! 하하하!"

유승열의 표정이 확 밝아졌다.

석기의 안목을 신뢰하고 있기에 그가 광고 편집본을 확인 해준다는 것에 마음이 든든했다.

"대표님! 그럼 저는 먼저 나가서 준비를 하고 있겠습니다."

"그러세요. 저도 잠시 후에 〈아우라〉 멤버들과 제작실로 내려가 보도록 할게요."

유승열이 편집본을 보여 줄 준비를 하느라 먼저 대표실에서 나갔고, 혼자 남아 있던 석기는 연습실에 있던 〈아우라〉 멤버들을 대표실로 불러들였다.

✿

유토피아 광고제작팀.

석기가 〈아우라〉 멤버들과 내려온 제작실은 사람들로 미어졌다. 마침 〈아우라〉 멤버들과 이곳으로 움직이는 도중 복도에서 박창수와 구민재를 만나게 되었고, 안 그래도 둘을 부를까 살짝 망설였던 석기로선 잘되었다면서 두 사람도 편집본을 확인하는데 합류를 시킨 것이다.

거기에 립스틱 광고 편집이 끝났다는 소문을 듣고 달려온 기획사 사장 채현우와 기획홍보팀장 홍민아까지 가세를 하는 바람에 제작실에 사람들로 북적거리게 되었다.

"하하하! 잘 되었습니다!"

유승열은 사람들로 북적거리는 제작실 분위기를 오히려 크게 반색하는 태도였다.

립스틱 광고 시사회를 생략하기로 했던 상황인데 이렇게 편집본을 여러 사람이 보게 된 것이 기분이 좋은 모양이었다.

"흠흠! 립스틱 광고 시사회는 아니지만……. 그래도 시사회 삘도 나고 아주 좋습니다. 그럼 편집된 광고 영상을 틀어 보도록 하겠습니다."

제작실 소파에는 석기와 〈아우라〉 멤버들만 앉았고, 나머지 사람들은 서서 구경하는 수밖에 없었다. 광고 영상의 길이는 몇 분에 불과했기에 잠깐 동안 서서 본다고 해도 문제될 것은 없긴 했다.

소파 뒤편으로는 박창수, 구민재, 채현우와 홍민아를 비롯하여 광고팀 직원들도 여럿 합류했는데, 다들 호기심으로 가득한 눈빛들이었다. 정식 시사회는 아니었지만 이런 식으로 광고 영상을 다 함께 확인하는 일도 뭔가 재미는 있었다.

"전등을 소등하겠습니다!"

실내의 전등이 소등되었다.

그러기를 잠시.

전면 스크린에 광고 영상이 비추기 시작했다.

역시 유승열이었다.

광고 영상에서 천재성을 느꼈다.

무대에서 노래를 부르는 〈아우라〉 멤버들의 매력을 제대로 뽑아냈고, 노래도 대중이 들어도 관심을 가질 정도로 귀에 쏙 박히게 편집되었다. 나중에 립스틱 광고 영상을 본 사람들이라면 자신도 모르게 저절로 흥얼거리게 될 것이다.

어찌 보면 걸그룹 공연의 핵심만 보여 주는 것처럼도 보였는데, 광고 천재답게 유승열은 립스틱 광고의 묘미를 확실하게 살려 냈다. 노래를 부르는 멤버들의 입술을 매력적으로 부각시킴을 잊지 않았다.

그리고 압권은 마지막.

〈아우라〉는 〈아우라〉다!

새카만 화면에 등장한 광고 카피.
사람들의 시선을 잡아 끈 광고 카피가 마술처럼 이내 유토
피아에서 출시할 립스틱으로 변신하면서 광고 영상의 마지
막을 장식했다.

[대박! 광고 완전 짱이다!]
[하! 우리가 저렇게 멋졌다니?]
[유승열 팀장님! 최고! 신석기 대표님 완전 최고최고!]

〈아우라〉멤버들은 광고 영상이 끝나자 생각보다 너무도
멋지게 뽑아낸 광고 영상에 하나같이 멍한 표정들이었다. 마
치 톱스타들이 찍은 광고처럼 너무도 매력적인 광고였던 탓
이다.
'광고가 너무 잘 빠져서 놀란 모양이군.'
〈아우라〉멤버들의 크게 놀란 반응에 석기는 속으로 피식
웃었다.
석기가 생각해도 잘 빠졌다.
대중이 광고 영상을 본다면 처음에는 이게 뭐지 싶다가도

금방 멤버들과 립스틱을 연결하게 될 것이라 여겼다.

그리고 립스틱 광고 영상을 본 사람들이라면 필시 걸그룹 〈아우라〉의 노래에도 관심을 보일 터.

'이번 광고도 대박을 기대해도 좋겠군.'

광고 촬영 시에 무대에서 노래를 부르던 〈아우라〉 멤버들에게서 휘황찬란한 아우라를 느낀 것처럼, 광고 영상에서도 마찬가지로 눈부신 아우라가 뿜어져 나왔다.

[저예산으로도 저런 멋진 광고를 뽑아낼 수 있다니 역시 유승열 팀장님이시다!]

연예인 비누 광고 모델을 했던 홍민아는 이번 립스틱 광고도 석기와 마찬가지로 대박 스멜을 느낀 모양이었다.

[아주 마음에 든다.]

립스틱을 연구했던 구민재.

걸그룹 〈아우라〉가 어떻게 립스틱 광고를 소화할지 내심 궁금했는데.

광고 시작부터 끝까지 눈에 뗄 수 없을 정도로 강한 흡입력을 느끼게 만든 광고 영상이었다.

명성미디어.

비서실장 양기택이 오장환을 향해 보고를 했다.

"회장님! 유토피아에서 립스틱 광고에 대한 시사회를 갖지 않을 모양입니다."

"대충 만든 광고로 시사회를 했다간 욕을 먹을 테니 알아서 자중하는 모양이군. 립스틱 광고에 대해 더는 알아보지 않아도 되겠어. 그깟 광고를 매스컴에 노출시켜 봤자 대중으로부터 외면받을 것이야. 이제 명품 가방도 얼추 모은 것 같으니 핸드폰 광고 제작에나 신경을 기울이도록 해."

"그래도……. 유토피아 화장품에서 세 번째로 출시할 립스틱인데 좀 더 경계를 하는 것이 좋지 않겠습니까?"

양기택의 조심스러운 염려에도 불구하고 여전히 유토피아의 립스틱 광고를 무시하는 오장환의 태도였다.

"신석기 그놈도 감이 떨어진 것이 분명해! 아님 오성 냉장고 광고를 믿고 자만하고 있는 거든가. 하여간 돈도 얼마 들이지 않는 광고가 대박을 터트릴 일은 절대 없을 테니 양 실장 자네도 핸드폰 광고에나 집중하는 것이 좋을 거야!"

"아, 알겠습니다!"

결국 양기택도 오장환의 호통에 꼬리를 내리고 말았다. 실은 오늘 립스틱 광고 영상에 대해 전해들은 정보가 있었지만 그걸 언급했다가 오장환의 심기를 건들 것이 분명했기에 차라리 그냥 함구하는 것이 좋겠다고 여겼다.

❈

MB방송국 드라마 세트장.

많은 사람들이 모여 있었다.

촬영에 들어가기 전에 먼저 고사를 지냈다.

참고로 이곳에 합류한 석기는 돼지 머리에 수표를 꽂아 주었다.

그런데 고사가 끝났음에도 배우들과 스태프들은 무슨 이유인지 다들 자리를 뜨지 않고 있었다. 그러고는 세트장 한곳에 누가 준비해 놓은 TV 화면을 주시했다.

유토피아 립스틱 광고.

실은 그걸 다 함께 보기 위해서다.

이번 드라마에 여주를 맡은 민예리와 조연 배역을 맡은 한여진이 유토피아 엔터의 소속이라는 점에 MB방송국 사장 한성후를 비롯하여 드라마 제작국장의 배려로 인해서였다. 이곳에 모인 이들은 드라마 촬영 날짜에 맞춰서 유토피아에서 립스틱 광고를 선보인 것을 드라마를 응원하기 위한 일로 좋게 여겨주었다.

"와! 광고 시작한다!"

"쉬잇! 조용히 해봐요!"

사람들이 입을 꾹 다물고 TV 화면을 주시했다.

그동안 유토피아 제품을 위한 광고가 모두 히트를 쳤다는 것에 이번 립스틱 광고도 기대를 갖고 지켜보게 되었다. 게다가 촬영 직전에 모여서 보는 광고였다. 괜히 미신을 믿는 것은 아니나 광고가 잘되면 드라마도 좋게 풀릴 것이란 기대 심리를 갖게 되었다.

와아아아! 짝짝짝짝!

립스틱 광고가 끝났다.

기대했던 이상으로 멋진 광고라는 것에 사람들이 진심으로 박수를 보내며 환호성을 질러 댔다. 이곳에 모인 이들은 일반인들과는 달리 방송계에서 일을 하는 사람들이었기에 척 보면 감이 왔다. 그런 점에서 립스틱 광고는 뜰 광고로 여겨졌다.

"이것은 방금 광고에 나왔던 유토피아 화장품 세 번째 제품인 립스틱입니다. 드라마 촬영 개시 날에 다함께 광고를 보게 된 기념으로 자그마한 선물을 준비했습니다."

석기는 이곳에 모인 이들에게 립스틱을 하나씩 선물로 주었다.

사실 여자 배우들과 스태프들은 광고를 보고 나서 립스틱을 구매하고 싶다는 생각을 하고 있던 찰나였는데, 이렇게 립스틱을 선물로 받게 되자 다들 기쁜 기색들이다.

또한 남자들은 립스틱을 사용하지 않지만 유토피아에서 만든 립스틱이라는 것에 나중에 와이프나 여친에게 주면 좋겠다는 것에 뜻밖의 선물에 입이 벙실 벌어졌다.

"제가 한번 발라 보죠!"

그때 유토피아 대표인 석기가 선물로 준 립스틱에 대해 호의를 표시하고자 서말숙 작가가 대표로 나섰다. 내심 멋진 광고의 기운을 물려받고 싶은 욕심도 있었다.

스윽! 스윽!

모두가 지켜보는 가운데 립스틱을 바른 서말숙 작가가 손거울을 들여다보곤 눈동자가 확 커졌다.

립스틱을 살짝 발랐을 뿐인데 입술이 한결 매력적으로 변했다는 기분을 느꼈다.

"작가님 엄청 잘 어울려요!"

"세상에! 너무 예뻐요!"

주변의 스태프들과 배우들에게서 공치사가 아닌 진정한 감동에서 우러나온 칭찬이 마구 쏟아져 나왔다.

립스틱을 사용하기 전과 후가 확실하게 달라진 탓이다.

참고로 이번에 출시된 립스틱은 색상이 단 한가지였다.

연한 핑크색.

하지만 마법처럼 립스틱을 바르기만 하면 사람들의 피부 톤에 맞춰 가장 아름다운 입술로 만들어 주었던 것이다.

서말숙 작가의 놀라운 변화에 촬영은 뒷전이고 여자 배우

들과 스태프들이 너도나도 립스틱을 가지고 입술에 바르는
진풍경이 연출되었다.

그로 인하여 한 가지 립스틱으로 열이면 열, 모두에게 어울리는 립스틱이라는 것이 확인된 셈이었다.

"역시 유토피아다!"

✖

한편, KB방송국 드라마 촬영장.

KB드라마 촬영은 명성제작사에서 맡기로 했다.

해서 촬영 장소를 명성제작사의 촬영 세트장을 사용하게
되었다.

오늘은 촬영 첫날이라 세트장 한곳에 돼지 머리가 올라간
고사 상을 준비했다.

KB방송국에서 제작되는 드라마는 고부간의 갈등을 그린
스토리로, 제목이 〈사랑이 밥 먹여 준다〉인데, 줄여서 '사밥'
으로 불렸다.

이곳에서도 MB방송국 드라마 〈오늘부터 파이팅!〉의 준
말인 '오파'와 마찬가지로 촬영 개시 전에 고사를 지내게 되
었다.

조연출이 사회를 맡았다.

"지금부터 드라마가 잘 되기를 기원하는 마음으로 고사 상

에 절을 올리도록 하겠습니다!"

MB드라마 '오파' 촬영 세트장에 석기가 참석한 것처럼, KB드라마 '사밥'에서는 명성미디어 오장환 회장이 참석했다.

"누가 고사 상에 맨 처음 절을 하는 거죠?"

"연출감독님이나 작가님이 먼저 절을 올리지 않겠어요?"

"오장환 회장님이 참석하셨는데 회장님이 먼저 하셔야 하는 거 아닐까요?"

"하긴 그렇겠네요."

'사밥' 연출감독과 차정화 작가가 오장환을 의식하느라 먼저 나서지 않고 있자, 조연출과 제작사 스태프들이 오장환을 힐끔거리며 쳐다봤다.

이에 오장환이 대동한 비서실장 양기택에게 지시를 내렸다.

"자네가 대신 절을 올리게."

"알겠습니다, 회장님!"

오장환이 지갑에서 수표 여러 장을 꺼냈다.

"흐음! 절값이 필요할 테니 이걸 돼지 머리에 꽂도록 하게."

"그러겠습니다!"

오장환을 대신한 양기택이 맨 먼저 고사 상에 절을 올렸다.

"대박 드라마가 되게 해 주십시오!"

모두의 시선을 받으며 고사 상에 가장 먼저 절을 올린 양기택이 오장환이 건네준 수표 여러 장을 돼지 머리 아가리에 찔러 놓았다.

"저거 얼마짜리 수표일까?"

"천만 원짜리 수표 같은데. 저 정도면 5천은 되겠는데?"

"와! 역시 회장님답게 통 크게 나오시네!"

"하하! 당분간 간식비 걱정은 하지 않아도 되겠습니다!"

고사를 치르고 나온 돈.

그건 나중에 제작사 스태프들의 간식비로 사용될 터였기에 처음부터 거금이 나온 것에 스태프들이 환호성을 지르며 즐거워했다.

'쯧.'

그러자 즐거워하는 스태프들의 분위기에 오장환은 겉으론 사람 좋은 미소를 머금어 보였지만 속으론 입맛이 씁쓸하기 그지없었다.

절값으로 5천만 원을 내게 된 것이다.

그깟 5천 정도는 아깝다는 생각은 없었다.

본래 의도했던 계획이 누군가로 인해 틀어졌다는 것 때문에 기분이 불쾌한 뿐이었다.

사실 오장환은 촬영장에 오기 전까지는 고사 상에 천만 원짜리 수표 하나만 꽂아줄 생각이었다.

그런데 석기가 MB방송국 드라마 촬영장에 유토피아에서

만든 립스틱을 모두에게 선물로 돌릴 거라는 정보를 입수하게 되자, 그만 오기가 생겨 수표 여러 장을 꽂도록 한 것이다.

"다음은 연출 감독님이 절을 올리겠습니다!"

양기택 이후로 연출 감독과 차정화 작가가 고사 상에 차례대로 절을 올렸고, 뒤로 주연을 맡은 배우들이 절을 올렸다.

그리고 드라마에서 조연 배역을 맡은 진수아도 절을 올렸다.

"와! 겁나게 예쁘네요!"

"수아 양 덕분에 촬영장 분위기가 확 사네, 살아! 하하하!"

오늘 촬영을 위해 곱게 개량 한복을 차려 입은 아름다운 진수아가 고사장 앞에 나서자 여기저기서 흥겨운 박수가 쏟아졌다.

진수아는 고사 상에 절을 한 후에 소원을 말했다가는 모두에게 그녀의 속내를 드러낼 듯싶었기에 속으로만 생각했다.

'이런 식의 절이 통할까 모르겠지만, 하여간 내가 찍는 드라마가 MB드라마보다 시청률이 높게 나와야 할 거야. 한여진 고것의 콧대를 팍 찍어 누르게 말이지!'

주연 배우나 나이 많은 선배 배우들 앞에서는 여우처럼 조신하게 행동하는 진수아였지만 두 얼굴을 지닌 그녀였다.

고사가 모두 끝났다.

진수아는 매니저를 이끌고 배가 아프다는 핑계로 대기실로 향했다. 까다로운 입맛이라 상에 차려진 고사 음식을 입에 대고 싶지 않았기에 말이다.

고사 상 주변에 남아 있던 스태프들이 음식을 나눠 먹을 준비를 하느라 분주히 움직였다.

세트장 여기저기에 돗자리가 깔리게 되었고, 배우들은 스태프들이 가져다준 음식을 먹으며 잠시 휴식을 취하게 되었다.

하지만 그러던 바로 그때, 핸드폰을 들여다보고 있던 몇몇 배우들이 당황한 기색으로 술렁거리기 시작했다.

"이거 유토피아 립스틱 아냐?"

"와 씨! 광고 완전 대박인데?"

"하필, 드라마 촬영 전에?"

"우리 사법팀 기죽게시리……."

"근데 광고 열라 멋지긴 하네."

술렁거리는 배우들의 분위기에 스태프들도 궁금했던지 핸드폰을 들여다보게 되었고, 그로 인하여 술렁거림이 더욱 커지게 되었다.

"……!"

돗자리에 앉아 있던 오장환.

고사가 끝나자 바로 자리를 뜨고 싶었지만 고사 상 음식을 나눠 먹고 좋은 기운을 받아 가라는 차정화 작가의 웃는 얼굴을 무시하기가 뭣해서 자리를 지키고 있던 상황이었다.

"다들 왜 그런 건지 알아봐."

"네! 회장님!"

오장환이 먹으려던 떡을 접시에 도로 내려놓고는 양기택에게 지시를 내렸다.

이에 양기택이 가장 가까운 거리에 있는 조연출에게 다가갔다. 조연출도 핸드폰을 들여다보며 입을 떡 벌린 상황이었기에 말이다.

"뭣 때문에 그러죠?"

"그, 그게……."

양기택이 다가와 묻자 조연출이 당황한 기색으로 오장환이 자리한 곳을 힐끔거리며 쳐다봤다.

"괜찮으니 말해 주세요. 솔직히 지금 촬영장 분위기 정상 아니잖아요. 회장님도 상황을 알아야 뭔가 조치를 취하실 테니까요."

양기택의 채근에 할 수없이 조연출이 사람들이 술렁거린 이유를 밝혔다.

"유토피아 립스틱 광고를 보고 그랬을 겁니다. 저예산으로 만든 광고라는 소문이 있던데……. 그럼에도 광고가 기똥차게 잘 빠졌네요. 그걸 보면 역시 유토피아가 광고 하나는 잘 뽑아내긴 하네요. 흠흠, 회장님께서 이러 얘기 들으면 기분이 많이 상하시겠지만, 사실대로 말하라니 밝히는 겁니다."

조연출의 솔직한 대답에 그만 양기택의 머리가 어지러웠다.

하필 립스틱 광고에 유토피아 걸그룹 〈아우라〉의 멤버인 한여진이 끼어 있다는 것이 문제였다.

KB드라마 '사밥'에 조연 배역으로 진수아가 합류했다면, MB드라마 '오파'에 한여진이 합류했다.

두 사람은 시청률 내기를 했다.

시청률이 낮게 나온 드라마에 출연한 사람은 나중에 연예인 활동을 포기하는 것이 내기 조건이긴 했는데, 문제는 이미 두 사람의 내기 소문이 짝 퍼진 상태라는 것이다. 그래서 배우들이 더 술렁거렸을 터.

MB드라마 '오파'의 조연 배역을 맡은 한여진이 립스틱 광고로 대박을 터트릴 조짐을 보이자, 자칫 립스틱 광고 효과로 '사밥' 드라마가 밀릴 수도 있다는 생각이 들었을 테니 말이다.

"솔직하게 말씀해 주셔서 감사합니다."

조연출에게 인사한 양기택.

기다리고 있는 오장환에게 방금 들은 내용을 보고하려니 발이 차마 떨어지지 않았지만, 저리 대놓고 째려보고 있으니 안 갈 수도 없었다.

"말해 봐. 이유가 뭐야?"

"그게……."

"대체 뭣 때문에 그런 거냐고!"

짜증이 가득한 오장환의 태도에 주저하던 양기택이 조심

스레 입을 열게 되었다.

"유토피아 립스틱 광고 때문입니다."

"유토피아 립스틱 광고 때문에 지금 촬영장 분위기가 이렇다고?"

"그, 그렇습니다."

양기택의 대답에 오장환이 촬영장 안을 얼른 둘러보았다.

잠시 후면 촬영이 시작될 텐데 준비는 뒷전이고 다들 유토피아 립스틱 광고에 대한 얘기로 술렁거리고 있는 상황이었다.

'대체 광고가 어떠했기에?'

오장환이 불쾌한 침음을 삼키며 양기택을 채근하듯이 노려봤다. 양기택도 립스틱 광고를 보지 못한 상황이나 그래도 조연출에게 뭔가를 들었을 것이란 생각에서였다.

그러자 오장환의 답을 요구하는 살벌한 시선에 양기택이 할 수없이 들은 얘기를 솔직하게 털어놓는 수밖에 없었다.

"유토피아 립스틱 광고가 생각했던 것보다 괜찮게 빠진 모양입니다. 다들 유토피아에서 또 대박 광고를 찍었다고 난리입니다."

"이이익!"

뿌드득!

오장환의 격렬하게 이를 가는 소리에 양기택은 아차 싶었다. 뒷말은 하지 말았어야 했는데. 후회가 되었지만 이미 돌이킬 수 없었다.

바로 그때였다.

"지금 분위기 대체 뭐죠?"

KB드라마 '사밥'의 조연 배역을 차지한 진수아.

고사 음식을 먹기 싫어 대기실로 피했는데 촬영장의 술렁거리는 분위기에 참지 못하고 나온 것이다. 그녀는 울컥하는 마음에 상대가 감히 오장환 회장이라는 것도 잊고 바짝 날이 선 기세로 다가와 건방지게 물었다.

"지금 다들 유토피아 립스틱 광고로 술렁거리는 거 맞죠? 촬영 첫날부터 이게 뭐예요! 제대로 답해 주지 않으면 저 드라마 못 찍어요!"

오장환이 앙칼진 표정을 짓고 있는 진수아를 노한 기색으로 쳐다봤다.

그동안 오성 냉장고 광고를 압도하려는 의도로 알지 핸드폰 광고 모델이 된 진수아를 제법 공주 대접을 해 주었던 터였다.

그랬는데 이것이 천지분간을 못하고 감히 오장환 앞에서 눈을 치뜨고 건방지게 나오자 더는 용납할 수 없었던 오장환 입에서 싸늘한 대답이 흘러나왔다.

"드라마를 못 찍겠다면 당장 나가! 대신 책임은 확실하게 져야만 할 거다!"

오장환의 살벌한 기세에 그제야 진수아도 너무 흥분했다

는 것을 깨닫고는 입술을 꾹 깨물었다.

"죄송해요, 회장님! 유토피아 립스틱 광고로 술렁거리는 촬영장 분위기에 제가 그만 울컥해서 예의를 지키지 못했어요."

진수아의 사과에 그제야 오장환도 굳어진 낯을 풀었다.

"본 게임은 나중이다. 보란 듯이 알지 핸드폰 광고로 대중을 사로잡으면 드라마 시청률은 자연스럽게 오르게 될 거다. 그러니 지금은 딴생각 말고 드라마 촬영에 집중하는 것이 좋을 거다."

"알겠습니다. 회장님만 믿고 드라마 촬영에 최선을 다할게요."

오장환과 진수아가 나눈 얘기를 들은 연출 감독이 잽싸게 분위기 환기에 나섰다.

"촬영 준비 서둘러! 오늘 밤까지 촬영을 할 생각이야?"

"네네—!"

그제야 촬영준비로 분주한 스태프들과 배우들의 분위기에 오장환도 더는 이곳에 있을 마음이 사라졌기에 양기택에게 지시를 내렸다.

"그만 가게 차를 대기시켜."

"네! 회장님!"

한편으론 촬영 첫날부터 너무 비교가 되는 양쪽 드라마의 촬영현장 분위기였다.

MB드라마 '오파'는 화기애애한 분위기 속에서 촬영을 시작했다면, KB드라마 '사밥'은 썰렁한 분위기 속에서 촬영을 시작하게 된 셈이니 말이다.

부르릉!

차에 올라탄 오장환의 안면근육이 심하게 실룩거렸다.

생각할수록 분했다.

알고도 당한 셈이 되었다.

"빌어먹을 놈! 감히 촬영 첫날에 립스틱 광고를 보도하다니."

오장환도 실은 알고 있었다.

유토피아에서 립스틱 광고를 빨리 매스컴에 노출시키려 한다는 정보를 입수했고, 그날이 바로 촬영 첫날인 오늘임을 알고 있었지만 무시했다.

저예산으로 서둘러 찍은 광고였기에 결코 그럴싸한 광고가 나올 리가 없다고 판단했는데 그것이 오산이었다.

제대로 뒤통수를 맞았다.

유토피아 립스틱 광고.

그것으로 인해 KB드라마 촬영장 분위기가 어수선하게 변할 정도가 된 것이다.

명성미디어 회장실.

"당장 TV 틀어!"

회사로 돌아온 오장환은 눈으로 똑똑히 유토피아 립스틱 광고를 확인하고 싶었기에 양기택에게 TV를 틀게 했다.

벽면에 설치된 TV 모니터.

잠시 다른 광고가 나오는 것을 지켜보던 찰나, 드디어 유토피아 립스틱 광고가 흘러나왔다.

'빌어먹을!'

'사밥' 촬영장 분위기가 술렁거렸던 이유가 있었다.

유토피아 걸그룹 〈아우라〉를 이용하여 핸드폰 광고를 만들어낸 것인데 질투가 날 정도로 잘 뽑아진 광고였다.

"핸드폰 광고로 반드시 신석기 그놈의 콧대를 납작하게 눌러 주고 말리라!"

잘 만들어진 유토피아 립스틱 광고는 그만 오장환의 승부욕에 불을 활활 지피게 되었다.

❊

밤이 깊어 갔다.

립스틱 광고로 좋은 기운을 듬뿍 받은 때문인지 날이 어두워지기 전에 첫 촬영을 무사히 끝낸 MB드라마 '오파'였다.

반대로 KB드라마 '사밥'은 립스틱 광고의 악영향으로 촬영장 분위기도 좋지 못했을 뿐더러 배우들도 실수가 잦아 밤

늦도록 촬영한 상태였다.

"아빠! 저 이대로는 분해서 도저히 드라마를 찍을 수 없어요! 빨리 무슨 조치를 취해 주세요!"

KB드라마 '사밥'의 조연 배역을 맡았던 진수아는 집으로 돌아오기가 무섭게 부친 진태형을 붙들고 울먹이면서 하소연을 해 댔다.

MB드라마 '오파'에 조연 배역으로 출연한 한여진이 나온 립스틱 광고가 대박 조짐을 보이자, 차라리 진수아보다 한여진이 '사밥' 드라마에 합류했다면 훨씬 좋았을 것이라며 사람들이 수군거렸던 탓이다.

그런 분위기에 감정이 격해져 연기를 제대로 못하는 바람에 몇 차례나 NG를 당하는 수모를 겪어야만 했다.

"아빠가 어떻게 해 주면 좋겠니?"

딸바보인 진태형은 딸 진수아가 드라마 촬영 첫날부터 눈물을 보인 것에 가슴이 미어졌다.

사실 안 그래도 진수아와 같은 반인 한여진이 나온 립스틱 광고를 보고 속으로 광고가 너무 괜찮게 빠졌다는 것에 딸 진수아가 잔뜩 걱정이 되었는데 역시나 이런 결과였다.

"아빠도 알고 있죠? 지금 인터넷에 유토피아 립스틱 광고에 대한 얘기로 도배되고 있는 거."

"흠흠. 그렇긴 하더구나."

"그거 유토피아에서 알바 푼 것이 분명해요. 아니면 아무리 광고가 좋다고 해도 어떻게 다들 칭찬만 해 댈 수가 있어요?"

"하긴 심하긴 하더구나."

진수아의 말을 백퍼센트 인정하는 것은 아니었지만 진태형은 맞장구를 쳐 주듯이 나왔다. 딸의 심기가 오죽 상하면 이럴까 싶어 비위를 건드리지 않으려는 것이다.

"저는 그런 현상을 용납할 수 없어요! 바보같이 당하고만 있지 말고 우리도 댓글 알바를 풀어서 공격을 하는 것이 좋겠어요!"

"댓글 알바를?"

"왜요? 싫으세요?"

"싫은 것은 아니라 그러다 잘못하면 오히려 립스틱 광고를 부각시키는 일로 번질 수도 있어. 차라리 나중에 수아 네가 핸드폰 광고를 멋지게 찍어서 보란 듯이 대박을 치는 것이 더 좋지 않을까?"

"제가 핸드폰 광고를 찍어도 2월 중순경이 되어야 매스컴에 선을 보이는데 그때면 너무 늦어요! 초반에 기선제압을 해줘야한다고요! 이익! 한여진 고것이 잘난 척하는 꼴을 봐줄 수가 없어요!"

진수아의 동공에 광기가 일렁이는 것에 진태형이 다시금 딸을 달래듯이 나왔다.

"수아야, 네 심정 모르는 것은 아니지만 어차피 드라마가

방영되는 시기는 3월 초이니 너무 조급하게 생각하지 않았으면 싶구나. 지금은 대중이 립스틱 광고에 뜨거운 반응을 보이곤 있지만 나중에 네가 찍은 핸드폰 광고가 나오면 거품도 모두 꺼질 테니까 말이지."

그러자 진수아도 사실 진태형의 말이 이성적으로는 맞는 말이라고 생각하면서도, 감정적으로는 한여진이 잘나가는 꼴이 용납이 되지 않았기에 생떼를 부리듯이 나왔다.

"아빠는 모르니까 그런 소리를 하고 있는 거라고요! 오늘 제가 촬영장에서 어떤 수모를 겪었는지도 모르면서……. 으흐흑!"

"촬영장에서 수모를 겪었다고? 대체 그게 무슨 말이냐?"

"다들 제 앞에선 대놓고 말은 안 하지만, 립스틱 광고를 찍은 한여진 고것과 저를 비교하면서 수군댔다고요! 그것 때문에 열 받아 연기도 제대로 되지 않는 바람에 계속 NG만 나왔고요! 그런데도 저보고 참으라고요? 이런 식이면 차라리 드라마에 출연 안 하는 것만 못해요! 으아아앙!"

진태형은 평소 감정 조절을 잘하는 진수아의 성격이었기에 아이처럼 울음을 터트리는 딸의 모습에 그만 당황하고 말았다.

성큼성큼!

그때 부녀가 단둘이 대화를 나누도록 일부러 자리를 피해 주었던 진수아 모친 백유란이 안되겠다고 싶었던지 부녀가 자리한 거실로 나왔다.

"여보! 수아 말대로 해 주는 것이 좋겠어요. 배우들에게
있어서 자존심은 아주 중요한 문제거든요. 촬영 첫날부터 애
가 잔뜩 기가 죽어서 들어왔는데 이대로 놔두면 촬영 현장에
서 우리 수아가 천덕꾸러기로 찍힐 수도 있어요."

"뭐라고? 우리 수아가 천덕꾸러기로 찍힌다고?"

"우리 수아가 저를 닮아서 연기에 대한 재능은 타고났지만
촬영장 분위기가 그걸 받쳐 주지 못하면 제대로 연기력을 발
휘할 수가 없을 테니까요. 이제 겨우 배우로서 첫발을 내디
딘 우리 수아인데 그런 경험은 자칫 수아에게 심각한 트라우
마를 심어 줄 수도 있어요."

"허어!"

굳어진 진태형의 표정에 백유란이 다시 남편을 회유하듯
이 말을 이어나갔다.

"물론 당신 말대로 나중에 핸드폰 광고로 대중에 보여 주
는 방식도 좋긴 해요. 하지만 그때까지 기다리기엔 우리 수
아가 견디지 못할 거라고요. 이런 문제는 시간이 중요해요.
이대로 대중이 립스틱 광고를 찬양하는 글로 도배했다간 자
칫 돌이킬 수 없는 사태로 비롯될 수도 있다고요."

"……!"

과거의 한때 국민여배우로 불리던 아내 백유란의 말이었
다. 연예계의 생리를 빠삭하게 알고 있는 그녀였기에 진태형

은 침묵을 유지한 채 주먹을 부르르 떨어댔다.

특히 무엇보다 눈에 넣어도 아프지 않을 딸 진수아가 촬영장에서 천덕꾸러기 대접받게 되는 것을 결코 용납할 수 없었다.

"알겠어. 이 문제는 내가 오 회장님께 연락해서 해결하고자도록 하는 것이 좋겠어."

"그럴게요. 수아야, 아빠가 한 말 들었지? 푹 자고 일어나면 모든 일이 해결되었을 거니 걱정 마."

"알았어요. 아빠만 믿을게요."

진수아 부모인 진태형과 백유란. 부부들이 행하려는 일은 바르지 못한 것임에도 그것이 자식을 위한 사랑이라고 착각하고 있었다.

"흐음."

그렇게 거실에 혼자 남은 진태형은 핸드폰을 집어 들고 연락처에 저장된 '오장환 회장' 단축 버튼을 눌렀다. 아내 백유란의 말대로 그도 이런 문제는 시간 싸움이 중요하다고 생각했기에.

"진태형 이사입니다, 회장님! 늦은 밤에 이런 연락을 드려서 죄송하게 생각합니다. 한데 방금 인터넷에 유토피아 립스틱에 관련한 글들을 확인했는데 문제가 심각하네요. 이대로 가다간 KB드라마 촬영에도 지장을 초래할 듯싶은데 이 점에 대해 회장님께선 어떻게 생각하시는지 궁금하군요."

-안 그래도 방금 그 문제로 인해 대책을 세워 놓았으니 안심해도 될 겁니다.

"그렇다면 저는 회장님만 믿고 있겠습니다. 모쪼록 부족한 저희 여식 수아를 잘 부탁드립니다."

진태형은 오장환과 통화가 끝나자 회심의 미소를 머금었다.

오장환 역시 유토피아 립스틱 광고가 잘 나가는 꼴을 보기 싫었을 것이다. 이 문제를 어떤 식으로 대처할지 그건 이제 오장환에게 맡기는 것이 좋았다.

✿

한편, 진태형과 잠시 통화를 나눴던 오장환의 표정이 잔뜩 심기가 뒤틀린 듯 보였다.

명성금융의 전무이사 진태형.

직책은 명성미디어 회장인 오장환보다 낮았지만 진태형은 명성금융과 관련한 인물이란 점에 함부로 무시할 수가 없었으니 말이다.

그런데 오장환이 자리한 소파 앞쪽 테이블에는 핸드폰 2개가 놓여 있는 상태였다.

그중에 하나는 대포 폰이었다.

불법적인 일을 사용할 때는 증거를 남기지 않을 목적으로 대포 폰을 이용했던 것이다.

스륵!

일단 오장환은 방금 진태형과 통화를 나눴던 핸드폰으로 인터넷에 올라온 유토피아 립스틱에 관련한 글들을 확인했다.

"쯧쯧!"

오장환이 못마땅한 듯 혀를 찼다.

오늘 MB드라마와 KB드라마가 촬영 개시를 했다는 뉴스도 떴지만 어찌 된 것이 드라마에 관한 얘기보다 유토피아의 립스틱 관련 광고에 대한 얘기가 더 많았다.

　　－유토피아 〈아우라〉 립스틱 광고! 완전 대박 스멜!

　　－역시 유토피아 제품들은 제품도 대단하지만 광고도 멋지다! 립스틱 광고가 끝날 때까지 〈아우라〉의 매력에 푹 빠져버렸다!

　　－〈아우라〉 멤버들 레알 여신들!

　　－한여진 존예!

　　－서이서 안무 짱 귀요미!^^

　　－정나우 작곡 천재라면서요~

　　－이번 립스틱도 연예인 비누처럼 광고 먼저 보내고 제품은 나중에 출시할 듯~ 빨리 립스틱 발라보고 싶다능~ㅠㅠ

　　－MB드라마 촬영현장에 립스틱 선물 풀었다는 소문이던데. 립스틱 사용 후기 좀 올려 주심!

　　└진짜 마법의 립스틱!! 립스틱 종류가 하나라는 것에 반신반의

했는데 발색도 예쁘고 어떤 피부에도 잘 어울려요~ㅎㅎ

└아우라 립스틱! 짱입니다!

└여친에게 선물로 줬더니 오늘밤 뜨밤을 보내게 생겼음!ㅋㅋ

–립스틱 광고에 나온 한여진이 MB드라마 '오파'에 조연 배역으로 출연해서 화제임~ 연기도 잘하고 얼굴도 예쁘고~한여진은 대체 부족한 것이 뭐냐능?

–MB드라마 여주인 민예리 배우랑 조연인 한여진이 유토피아 엔터 소속이라죠?

–유토피아 완전 승승장구!

–립스틱 광고까지 인기 싹쓸이!

–타이밍 진짜 쩔지 않나요? 드라마 촬영 개시에 립스틱 광고로 화력을 보탤 줄이야~ 역시 유토피아는 될놈될이네여~

–그곳 대표가 안목이 대단!ㅎㅎ

–유토피아 대표 비주얼이 톱스타 급이라죠?ㅋㅋ

–유토피아 대표님 사랑합니다! 빨리 립스틱 살 수 있게 해주세요~ 여친 백일 선물로 사 줄 생각이니까요~

오장환은 인터넷에 도배하다시피 올라온 유토피아 립스틱 관련 글들을 확인하자 질투와 분노로 속이 부글부글 끓어올랐다.

오늘 MB방송국과 KB방송국에서 똑같이 첫 촬영을 개시했음에도 유토피아 립스틱 광고 때문인지 KB드라마에 관한 내용은 한마디도 언급되지 않고 있었다.

탁!

안면 근육을 씰룩거리던 오장환이 들고 있던 핸드폰을 내려놓고 이번엔 대포 폰을 집어 들었다.

"양 실장! 댓글 알바 풀도록 했는데 왜 아직까지 잠잠한 거야! 일을 제대로 하고 있는 거야 뭐야!"

-죄, 죄송합니다! 잠시 후면 반격이 시작될 겁니다.

"립스틱 광고 물고 빠는 놈들 사정없이 인신공격 해 버려! 도저히 낯 뜨거워서 글을 싸지를 수 없게 말이지! 그래야 다른 놈들도 더는 립스틱 광고 관련하여 찬양하는 댓글 달지 못할 거 아냐!"

-유념하겠습니다, 회장님!

양기백과 통화가 끝난 오장환은 가사도우미에게 얼음물을 시켜서 벌컥벌컥 들이켰지만 화가 진정되지가 않았다. 유토피아 대표 석기가 바로 앞에 있다면 때려죽이고 싶을 정도로 질투가 났다. 배가 아플 정도로 광고가 멋지게 빠진 탓이다.

'립스틱 광고를 제대로 찍지 못하게 폭주족을 사주하여 촬영장까지 난장판을 만들도록 했음에도 이런 광고를 만들어 내다니! 빌어먹은 놈! 기어코 망하게 만들고 말리라!'

오장환이 다시 댓글을 살펴봤다.

조금 전까지만 해도 립스틱 광고를 물고 빠는 분위기였는데, 명성에서 사주한 댓글 알바들이 열일을 하는지 찬물을 끼얹듯이 댓글 분위기가 오장환이 원하는 분위기로 바뀌고 있었다.

　－유토피아 립스틱에 발암 물질이 들어 있다는 소문이던데~
　－헐! 개무섭다!
　－그것도 모르고 빨리 출시되길 기다렸는데 정말 사면 안 되겠네!
　－유토피아에서 사기를 친 것임?
　－립스틱 광고 찍은 걸그룹 애들 실은 술집에서 일하던 애들이라는 말도 있던데여~
　－강남 룸살롱에서 본 듯싶네~ㅋ
　－한여진 걔 과거에 완전 뚱보괴물이었음! 못 믿을까 싶어서 사진 유포함~ 보고 놀라지 마셈!ㅋㅋㅋㅋ
　└완전 깜놀했네여~
　└이거 인간 맞아요?
　└헉! 괴물이다!
　└한여진 실체! 뚱보괴물!
　└마약 먹고 살 빼서 예뻐짐ㅋㅋ
　└이런 애를 광고로 내보내??
　└유토피아 미친 사이코 아냐!
　－한여진 MB방송국 사장 딸이라는 말도 있던데 실화인가?
　└실화 맞음!
　└그래서 드라마에 출연했나~ㅋ

└실력도 없는 애를 방송국 사장 딸이라는 이유로 드라마에 출
연시키고 MB도 썩었네 썩었어~

명성에서 사주한 댓글 알바들의 악플이 마구 쏟아지기 시
작했다.
특히 한여진에 대한 인신공격은 도가 지나칠 정도였다.

자승자박이다

석기가 거주하는 오피스텔.

그곳에 MB방송국 사장 한성후가 찾아왔다.

새벽에 잠도 자지 않고 이렇게 한성후가 석기를 찾아온 이유는 인터넷에 도배하다시피 올라온 한여진에 대한 인신공격으로 인해서였다.

한성후는 도저히 아침이 되기까지 기다릴 심적 여유가 없었기에 석기를 찾아와 함께 대책을 논의하려는 의도였다.

"들어오시죠."

한성후를 맞이하는 석기의 태도는 침착했다.

딸 문제로 인해 잔뜩 흥분한 한성후가 새벽에 오피스텔까지 찾아온 상황에도 전혀 당황하는 기색이 없이 한성후를 주방의 식탁으로 이끌었고, 따뜻한 차까지 대접했다.

"마음이 좀 진정될 겁니다."

한성후는 석기가 준비한 차를 마시자 정말로 흥분했던 마음이 차분하게 가라앉기 시작했다. 차 맛도 훌륭하지만 효능도 뛰어난 차라는 것에 속으론 감탄을 금치 못했다.

탁!

한성후 맞은편에 자리한 석기가 빈 찻잔을 식탁에 내려놓고는 말했다.

"안 그래도 한 사장님께 연락하려던 참이었습니다."

석기는 마치 인터넷의 반응을 미리 예상한 사람처럼 보였고 한성후에게 그가 생각한 바를 밝혔다.

그렇게 석기의 말을 모두 들은 한성후가 놀란 침음을 삼키며 석기의 얼굴을 빤히 주시했다.

"그러니까 신 대표님은 우리 여진이를 공격한 악플들이 바로 명성 오장환 회장이 사주한 댓글 알바들이 한 짓거리로 생각한단 거죠?"

"한 사장님도 그렇게 생각하고 계시지 않습니까?"

실은 한성후는 이곳까지 오면서 많은 생각을 했다.

그리고 그도 석기처럼 명성의 오장환을 의심했다.

악플들이 도배하다시피 올라오기 전까지만 해도 분명 대중은 유토피아 립스틱 광고를 비롯하여 광고 모델인 〈아우라〉 멤버들에 대해 상당히 호의적인 반응들이었다.

그런데 그랬던 분위기가 한 순간에 갑자기 판도가 달라졌다.

방송계에 몸을 담고 있는 한성후의 촉으로는 이건 누군가 계획한 음모였다.

대규모의 댓글 알바들이 유토피아를 저격하고자 동원된 것임을 익히 눈치챌 수 있었다.

그걸 입증하듯이 만일 누군가 유토피아 립스틱을 옹호하거나 한여진을 호의적으로 대하는 댓글이 올라올 경우, 기다리고 있던 댓글 알바들이 개 떼처럼 달려들어 난장판을 벌이는 분위기에 이제는 누구도 감히 악플에 맞서는 이들이 없게 되었다.

네티즌들도 바보가 아니었다.

다들 지금 상황이 정상이 아님을 눈치채고는 있지만 더러운 똥을 괜히 밟을 이유가 없다고 판단하여 방관만 하는 입장으로 눈팅만 하고 있는 것이다.

게다가 대규모의 악플에 부회뇌동한 일부의 대중까지 유토피아를 난도질하는 일에 열심히 동참하고 있다는 점도 문제였다.

물론 한 가지 의문은 있었다.

악플들이 유독 그의 딸 한여진을 공격하는 분위기를 조성하고 있다는 것이다.

"만일 MB드라마를 깎아내리는 것이 목적이라면 유토피아 소속인 민예리 배우도 있지 않습니까? 한데 왜 우리 여진이만 집중 공격을 당하고 있는 거죠?"

"드라마를 깎아내리는 목적도 있지만 이건 립스틱 광고를 저격하려는 의도가 다분합니다. 그런 점에서 민예리 배우는 립스틱 광고를 찍지 않았다는 것과, 이미 세간에 톱스타로 입지를 구축된 상황이니 건드리기가 뭣했을 겁니다."

한성후는 석기의 판단을 인정하자 기분이 한없이 씁쓸했다.

"결국은 우리 여진이가 약자란 의미로군요. 아직 대중에 알려지지 않은 신인에다, 과거에 초고도비만의 몸 상태였고, 거기에다 방송국 사장 딸이라는 점에 물어뜯기 좋은 먹잇감이라고 생각했겠군요."

"그런 이유도 있겠지만 저는 그만큼 한여진 양이 매력적이고 재능이 뛰어난 것이 더 큰 이유라고 생각합니다. 만일 한여진 양이 찍은 립스틱 광고가 그렇고 그런 시시한 광고였다면, 또한 한여진 양의 연기력이 아주 평범했다면 결코 지금의 사태까지는 비롯되지 않았을 거라 생각하거든요."

한성후는 석기의 말에 그나마 위로가 되었지만 표정은 여전히 어두운 상태였다.

그도 딸 한여진이 연예계에 들어서는 것을 허락했을 때 언젠가 이런 상황이 올 것임을 예상했다.

한여진이 유토피아 힐링센터에서 케어를 받기 전까지는

뚱보괴물과도 같은 모습이었기에, 언젠가는 그런 딸의 모습이 걸림돌로 작용할 것이라 여기고 있었기에.

하지만 막상 그것이 지금의 현실이 되어 버린 상황에 딸 한여진이 받을 충격을 생각하자 손발이 떨리고 가슴이 먹먹하기만 했다.

"이제 어떻게 하면 좋겠습니까? 저는 우리 여진이가 악플로 상처받지 않기를 원합니다."

아비가 자식을 생각하는 것은 당연한 일이긴 했지만 한성후는 딸 한여진이 생판 얼굴도 본 적이 없는 수많은 이들에게 난도질당하고 있다는 것을 생각하자 너무 괴로워 미칠 것만 같았다.

"한여진 양은 한 사장님 생각하시는 것보다 더욱 강한 아이입니다. 이번 고비를 잘 견뎌 낼 것이니 너무 염려하지 마세요."

"비 온 뒤에 땅이 굳어진다는 것을 압니다만……. 그래도 이번 일을 가급적 빨리 해결하고 싶습니다. 그래도 다행이라면 신 대표님은 이런 일이 생길 것에 대한 예상은 이미 하고 있었던 모양입니다."

"그건 그렇습니다. KB드라마의 조연 배역을 맡은 진수아가 한여진 양과 드라마 시청률을 걸고 내기를 한 상황입니다. 진수아는 명성엔터에서 간판스타로 키우려는 인물이죠. 그러니 그쪽에선 한여진 양이 잘되는 꼴을 절대 두고 볼 리

없죠."

"하면 어떤 식으로 대책을 구상하고 계신 겁니까? 저도 도울 수 있는 일이라면 최선을 다해 신 대표님을 돕겠습니다."

딸 한여진을 위해서라면 어떤 일이라도 하겠다는 한성후의 뜨거운 각오 어린 시선에, 석기 역시 이런 상황이 벌어진 것이 기분이 좋을 리 없었기에 주먹을 꽉 거머쥐었다.

—유토피아 립스틱.
—한여진.
—〈아우라〉멤버들.

명성에서 사주한 댓글 알바들이 인터넷에서 신랄하게 유토피아와 관련한 것들을 물어뜯는 이유는 결국 유토피아 대표 석기가 목표일 터. 석기를 눈엣가시처럼 여기는 오장환으로선 립스틱 광고가 대박 조짐을 보이자 석기의 성공이 배가아파 눈이 뒤집혔을 것이다.

알지 핸드폰 광고는 오성 냉장고 광고에 대비한 대책일 테니 이번 일에는 댓글 알바들을 사주하여 악플을 퍼붓는 것으로 대처했을 터.

하지만 석기를 너무 얕봤다.

이미 이런 상황을 대비하여 만반의 준비를 하고 있었다.

그리고 한성후가 그를 찾아올 것.

그것도 예상하고 있던 일이었다.

해서 한성후에게 차분히 말할 수 있었다.

"한 사장님! 사정상 대책에 대해선 지금 이 자리에서 자세한 말씀을 드릴 수는 없지만 저는 순순히 당해줄 마음이 없습니다! 악플을 단 이들에겐 반드시 대가를 치르도록 만들 겁니다!"

"하지만 시간이 문제입니다! 숨어서 나쁜 짓을 하는 댓글 알바들을 어찌 찾아낸다는 겁니까? 갈수록 대중도 악플을 단 이들과 한편이 되어가고 있는데요. 설령 댓글 알바들을 찾아낸다고 해도 명성에서 단단히 조치를 취해 놓았을 텐도 쉽게 자백을 할 리도 만무하고요."

한성후의 우려를 석기도 수긍하는 바였지만, 그는 댓글 알바들을 빨리 찾아낼 방법이 있었다.

물론 그것에 대해선 한성후에게 밝힐 수는 없었다.

블루문.

성수를 만들어 낼 수 있게 도와주는 신비로운 블루문이 석기의 몸속에 자리 잡고 있는 것은 영원히 그 혼자만의 비밀로 해야만 했기에.

"한 사장님! 지금은 그냥 저를 믿고 집으로 돌아가셔서 기다리시는 것이 좋겠습니다. 이번 일 절대 오래 끌지 않을 겁니다. 아침의 해가 뜨면 밤새 있었던 일들은 거짓말처럼 모두 사라지게 될 테니까요."

"하아! 정말 그렇게 된다면 얼마나 좋겠습니까? 하여간 잘 알겠습니다. 신 대표님을 믿고 저는 조용히 집으로 돌아가서 기다리고 있겠습니다."

한성후가 오피스텔을 떠났다.

유토피아 힐링센터를 통해 괴물 같던 딸 한여진을 단기간에 부작용 없이 눈부신 여신으로 만들어준 석기였기에. 어쩌면 이번 일도 석기라면 해결을 해줄 수도 있을 것이라 믿음이 갔다.

그런 믿음 덕분인지 오피스텔을 찾아왔을 때에 비해선 한성후는 한결 편안해진 얼굴로 집으로 돌아갈 수 있었다.

❈

오피스텔에 혼자 남은 석기.

창가로 다가선 그가 입술을 꽉 깨물었다.

한성후에게 한말이 있었기에 책임을 져야만 했다.

아침 해가 뜨기 전까지.

명성의 오장환이 사주하여 벌어진 인터넷에 퍼져 있는 악플들을 모조리 삭제시킬 작정이었다.

그러기 위해선 블루의 도움이 절대적으로 필요했다.

다행히 한성후가 그를 찾아오기 전에 이미 블루에게 어느 정도 확인 작업은 끝난 상황이었다.

'블루.'

–넵! 마스터!

'댓글 알바들의 추적이 가능하다고 했지?'

–그렇습니다.

'시간이 얼마나 걸리지?'

–빠르면 수 초. 늦어도 1분 안으로 추적이 가능합니다.

'그럼 시작해!'

–넵!

신비로운 물질인 블루문.

어쩌면 외계의 물질일 수도 있다.

마야유적지의 지하수에서 발견된 블루문이 어쩌다 석기의
부모에 의해 한국으로 옮겨지게 되었고, 묘한 인연처럼 그것
이 석기의 손에 행운처럼 들어오게 되었다. 심지어 그것을
취한 석기의 능력이 나날이 강해지고 있는 상황이다. 그런
영향인지 몰라도 블루문의 NPC 역할처럼 설정되었던 블루
도 확실히 이전과는 능력이 달라졌다.

인간의 눈에는 보이지 않는 허상에 가까운 블루였지만 석
기의 지시에 국정원을 뛰어넘는 정보처 역할을 톡톡히 해내
고 있었다.

블루가 그런 능력을 발휘할 수 있는 것은 석기의 능력이
커진 덕분도 있지만, 보다 정확히 따지면 바로 물로 인해서
였다.

수기(水氣).

그건 블루문의 원천이라 볼 수 있다.

게다가 중요한 것은 세상의 어떤 곳에도 수기가 존재하고 있다는 것이다. 세상에서 수기가 사라진다면 세상은 멸망하게 될 터. 인간도 식물도 결코 살아남지 못할 것이다.

그런 점에서 명성의 오장환이 사주한 댓글 알바들이 밤을 지새우며 마시게 되는 음료, 커피, 생수에 내포된 수기가 곧 블루에게 정보를 알아내는 매개체가 되어 줄 수 있다는 것이다.

그리고 더욱 무서운 것.

매개체를 알아내는데 도움이 되어준 수기가 역으로 그들을 공격하는 수단이 될 수도 있다는 점.

물론 블루문을 품기는 했지만 아직은 완벽하게 제 것으로 소화해 내지 못한 석기였기에 블루에 의해 알아낸 댓글 알바들에게 응징을 가하기 위해선 제한이 따르긴 했다.

—마스터의 머릿속에 명성에서 사주받은 인간들의 정보를 전달했습니다.

'수고했다.'

—그 인간들에게 응징을 가할 경우 마스터의 신체에 타격을 입힐 수도 있습니다. 그래도 계속 진행하시겠습니까?

'상관없다.'

석기는 이를 악물었다.

신체에 타격을 입는 것.

그것이 달갑지 않았지만 지금은 명성의 사주를 받은 댓글 알바들을 빨리 처리하는 것이 급선무였다.

아침 해가 뜨기 전까지.

그들이 올린 더러운 악플들을 인터넷에서 모조리 사라지게 만드는 것이 석기의 목표였다.

[명성에서 사주한 댓글 알바들에게 인간이 겪을 수 있는 최고치의 고통을 겪게 하라.]

[고통을 사라지게 하려면 인터넷에 올린 댓글을 삭제하고 경찰서를 찾아가 사주받은 일을 자백하는 것만이 답임을 주지시켜라.]

그렇게 석기의 명이 떨어진 순간.

석기의 코에서 피가 흘러내렸다.

바닥에 뚝뚝 핏물이 떨어지면서 석기의 이마 위로 식은땀이 맺히기 시작했다.

"끄응! 허억!"

사지가 뒤틀리는 고통이다.

하지만 아침의 해가 뜨기까지.

유토피아를 해하려던 더러운 악플들이 인터넷에서 삭제되고, 그런 짓을 저지른 이들은 앞 다투어 경찰서로 자백을 하고자 달려갈 터.

　　그리고 한 가지 더.

　　[이번 일을 사주한 오장환! 그놈도 똑같이 고통을 겪게
하라!]

　　석기가 오장환을 추가로 명했다.

　　이런 일로는 오장환을 검찰에 넘겨도 무용지물일 테니 고
통이라도 겪게 만들 의도였다.

　　ㅡ마스터! 괜찮으십니까?

　　석기를 염려하는 블루의 음성이 머릿속에 울려 댔다.

　　바닥에 쓰러진 석기가 웃었다.

　　아침이 되면 그는 말짱해질 것이나, 늙은 오장환은 며칠
동안 지옥을 경험하게 될 것이니 말이다.

　　　　　　　　　　　　　※

　　경기도 의정부에 사는 A 씨.

　　그는 명성의 사주로 댓글 알바에 참여했다.

　　타타탁! 타탁! 타타타!

　　노트북 자판을 두드리는 손이 정신없이 움직였다.

　　유토피아 립스틱과 한여진에 대한 악플을 달기 위해서.

현재 댓글 알바들은 단체로 서울 신림동 모 피시방에 모여서 열심히 악플을 달고 있었지만, A 씨는 집이 경기도라는 이유로 신림동까지 거리도 멀고 해서 살고 있던 지하 원룸에서 댓글 알바를 하고 있는 중이다.

-이런 걸 립스틱이라고 만드냐! 죄 없는 대중은 전부 발암 물질 먹고 뒈지란 거냐!

-한여진 같은 괴물은 안구 정화를 위해서 사라져야만 한다!

-껍데기만 예쁘면 뭐 하냐! 속은 완전 뚱보 괴물이다!

-유토피아 같은 사기꾼 회사는 천벌을 받을 것이다!

그는 밤새 고생하면 손에 들어올 돈이 제법 컸기에 악플을 다는 것에 전혀 죄책감을 느끼지 못했다.

게다가 이미 선수금으로 받은 돈으로 여친과 바다에 놀러 갈 생각에 호텔까지 예약해 놓은 상태였기에 악플을 다는 것이 오히려 즐거울 정도였다.

하지만 그것도 시간이 흐르자 점점 눈꺼풀이 무거워지기 시작했다.

"윽! 잠들면 안 되는데……."

A 씨는 사다 놓은 캔 커피를 마셨다.

사주한 곳에서 중간에 연락을 할 수도 있었기에 만일 잠을 잤다가는 남은 돈을 받지 못할 수가 있었다.

그런데 졸지 않기 위해 캔 커피를 마시고 화장실까지 다녀온 후 다시 댓글 알바를 하고자 자판을 두드리기 시작했는데.

움찔!

갑자기 배가 이상했다.

조금 전에 마신 캔 커피에 독이라도 들어 있었던 것이 아닐까 의심이 될 정도로 심한 복통이 찾아왔다.

"으윽!"

그렇게 시작한 복통은 이어 사지가 뒤틀리는 고통으로 바뀌었다. 태어나서 이제까지 이런 고통은 처음이었다.

그런데 A 씨에게 찾아온 고통은 까무러칠 정도로 어마어마한 고통이었지만, 이상하게 기절은 하지 않았다.

"크으으윽! 아이고! 사, 사람 죽겠다!"

A 씨는 방바닥을 마구 이리저리 나뒹굴며 비명을 질러 댔다. 차라리 기절이라도 하면 고통을 느끼지 못할 텐데 그러지도 못했다.

제발 이 지옥 같은 고통만 멈추게 해주면 어떤 짓이라도 할 수 있다고 생각하던 찰나.

[고통을 사라지게 하려면 인터넷에 올린 악플을 죄다 삭제하고, 경찰서에 달려가 자백하라! 그러면 고통이 사라질 것이다!]

머릿속에 울려 퍼지는 기이한 목소리에 A 씨는 처음에는
고통이 너무 심해서 환청이 들리는 건가 싶었다.

  [고통을 사라지게 하려면 인터넷에 올린 악플을 죄다 삭
  제하고, 경찰서에 달려가 자백을 하라! 그러면 고통이 사라
  질 것이다!]

  하지만 그런 현상이 계속 되었다.
  고통에 겨운 신음을 흘리던 A 씨는 반신반의하는 마음으
로 바닥에서 억지로 일어서 의자에 앉았다.
  '내, 내가 단 악플을 삭제해야만 해.'
  '이렇게 많은 악플을 올렸다니.'
  '으윽! 이걸 언제 다 지우지?'
  그나마 다행히 인터넷에 올린 악플을 삭제할수록 고통이
잠시 잦아드는 느낌이었다.
  효과를 보자 A 씨는 악플을 달 때보다도 더욱 열중하여 눈
에 불을 켜고 악플을 찾아내서 삭제하는 일을 했다. 삭제한
악플의 수가 늘어나자 고통이 더욱 줄어들었다.
  그렇게 인터넷에 올린 악플들을 모두 삭제 조치한 A 씨.
  '신기하게 고통이 모두 사라졌어! 그럼 굳이 경찰서를 찾
아가지 않아도 되는 거 아닐까?'
  하지만 그런 생각을 하던 순간.

사라졌다고 여겼던 고통이 다시금 엄습하기 시작했다.

"크으윽! 자, 잘못했어요!"

A 씨는 얼른 택시를 잡아타고 인근 경찰서로 달려갔다.

지금은 돈도 안중에 없었다.

아무리 억만금은 준다 해도 필요 없었다. 한시라도 빨리 지옥 같은 고통에서 벗어나고 싶을 뿐이었다.

"어떻게 오신 거죠?"

"허억허억! 자, 자수하겠습니다!"

"네에? 자수를요?"

"제, 제발…… 살려 주세요!"

경찰서에 도착한 A 씨는 당직 경찰에게 매달리며 제발 자백을 하게 해 달라면서 애원을 했다.

그렇게 A 씨는 누군가의 사주로 돈을 받고 인터넷에 유토피아와 관련하여 악플을 올린 일을 자백했다. 그러자 거짓말처럼 고통이 눈 녹듯이 자취를 감추었다.

또한 서울 신림동 모 피시방.

신림동에서 제법 큰 피시방 한곳을 밤새 전세를 낸 상황이었고, 피시방 주인까지 명성에서 사주한 댓글 알바에 동참했다.

백여 명에 가까운 이들이 컴퓨터를 각자 한 대씩 차지하고 사주받은 내용대로 열심히 인터넷에 악플을 쏟아 내고 있었다.

　－유토피아 대표를 구속하라!

　－대중은 멍청이가 아니다! 대중을 기만한 유토피아 제품들은 죄다 똥통에 처박아야 한다!

　－립스틱 광고를 중단하라!

　－발암 물질이 들어간 쓰레기로 대중을 우롱하려 들다니 천벌을 받을 것이다!

　－MB방송국 한 사장도 구속하라! 자기 딸을 드라마에 합류시키고자 면접관들을 매수한 더러운 인간이 방송국 사장이라니 MB방송국의 드라마들은 죄다 폐기처분하라!

　－한여진은 대국민 사과를 해라!

　－옳소! 마약을 먹고 살을 빼서 연예인이 된 가증스러운 ×년이다! 그런 ×년에게 현혹된 대중이 불쌍하다!

　－〈아우라〉 멤버들 모두 술집 여자들이다! 그딴 여자들을 광고 모델로 사용하다니 유토피아는 대오각성하라!

　－유토피아 제품들에 대해 불매 운동을 벌이자!

　－명품 백화점 갤로리아도 반성하라! 대중을 기만하는 제품을 판매하는 유토피아다! 유토피아 제품들을 불태워 버려야 한다!

피시방에 모인 댓글 알바들은 밤을 지새우며 유토피아와 관련한 악플을 다는 대가로 선수금을 받았고, 일이 끝나면 나머지 잔금을 받기로 했기에 쉬지 않고 인터넷에 악플을 올려 댔다.

　　하지만 새벽이 되자 슬슬 지치기 시작했다.

　　목도 마르고 배도 고팠다.

　　"한 시간 휴식입니다!"

　　피시방 주인장이 준비한 컵라면과 에너지드링크를 박스채로 풀어 댓글 알바들에게 무료로 나눠줬다.

　　"휴우! 먹고 마시니 좀 살겠네."

　　"윽! 나는 오히려 졸음이 쏟아지는데. 안 되겠어 캔 커피를 하나 더 마셔야겠어."

　　"나도 시원한 음료수를 마시고 정신을 차려야지."

　　피시방에 있는 전원이 컵라면과 에너지드링크를 먹고 마셨지만, 일부는 사비로 커피와 음료를 더 마시기도 했다.

　　휴식으로 정한 한 시간이 지났다.

　　피시방 주인이 늘어진 댓글 알바들을 향해 목소리를 높였다.

　　"다시 작업을 시작하세요!"

　　피시방 주인장의 말이 이곳에선 곧 법이나 마찬가지였다.

　　피시방을 전세로 내준 덕분에 엄청난 거금이 들어오긴 했지만 대신 댓글 알바들의 관리를 떠맡게 된 것이다. 하루면 끝나는 일이었기에 피시방 주인장은 흔쾌히 수락했다.

타타타!

타탁타타타!

그래도 잠시 쉬었다고 댓글 알바들의 자판을 두드리는 소리가 피시방에 경쾌하게 울려 퍼졌다.

타타타!

피시방 주인장도 자리에 앉아 자판을 두드렸다.

그러던 순간.

움찔!

갑자기 이상 현상을 감지했다.

댓글 알바 A 씨처럼 처음에는 복통이 시작되더니 그것이 이내 사지가 뒤틀리는 어마어마한 고통으로 바뀌어 갔다.

"으아아악!"

"크아아악!"

단체로 비명이 터지고 피시방 바닥을 데굴데굴 굴러 대며 고통을 호소했다.

A 씨와 마찬가지로 지옥 같은 고통을 느끼고는 있지만 누구도 기절하는 이가 없다는 것이다.

[고통을 사라지게 하려면 인터넷에 올린 악플을 죄다 삭제하고, 경찰서에 달려가 자백을 하라! 그러면 고통이 사라질 것이다!]

신음을 흘리는 이들의 귀에 환청 같은 소리가 들려왔다.

어찌 생각하면 귀가 아니라 머릿속에서 울리는 소리 같기도 했지만 다들 고통에 겨워 그걸 따질 겨를이 아니었다.

[고통을 사라지게 하려면 인터넷에 올린 악플을 죄다 삭제하고, 경찰서에 달려가 자백을 하라! 그러면 고통이 사라질 것이다!]

죽는다고 신음을 흘리던 몇몇이 억지로 몸을 일으켜 자신이 올린 악플을 찾아서 삭제하기 시작했다. 그러자 A 씨가 경험했던 것처럼 점차 고통이 가셨다.

"헉! 고, 고통이 줄어들었어!"

"윽! 진짜 고통이 적어졌어."

이런 현상에 피시방 바닥에 죽는다고 나자빠진 나머지 댓글 알바들이 죄다 자리에서 일어나 악플을 삭제했다. 피시방 주인장이라고 고통을 이겨 낼 재간이 없었기에 그도 역시 동참했다.

"저, 정말이다! 고통이 사라졌다!"

"나도! 이제야 살겠어."

인터넷에 올린 악플을 모두 삭제하자 고통이 거짓말처럼 사라졌다. 고통이 말끔히 사라지니 피시방에 모인 이들은 A 씨가 했던 생각과 똑같은 생각을 하게 되었다.

돈을 받고 악플을 다는 일에 전혀 죄책감 따위 느끼지 못했던 파렴치한 이들답게 오리발을 내밀 작정이었다.

　'굳이 경찰서를 갈 필요가 있나?'

　'맞아. 이대로 모른 척 잠수를 타면 누구도 알아채지 못할 텐데 경찰서에서 자백할 필요가 없지.'

　'나머지 잔금을 받지 못한 것이 아깝긴 하지만 얼른 피시방을 빠져나가는 것이……. 으윽!'

　그런데 사라졌다고 생각한 고통이 또다시 엄습하기 시작했다.

　화장실을 들어갈 때와 나올 때의 마음이 전혀 다른 것처럼 모른 척 피시방을 빠져나가려던 이들은 다시금 바닥에 주저앉고 말았다.

　'아, 안되겠다! 경찰서에 가지 않으면 계속 고통을 느끼게 되는 모양이다.'

　'크으윽! 이렇게 살 수는 없어! 차라리 감방에 가는 편이 백번 편하겠어.'

　한편 생각하면 갑작스레 단체로 찾아온 지옥 같은 고통도 이상한 일이었고, 또 단체로 환청을 들은 것도 이해 못할 현상이기도 했다.

　하지만 지금은 누구도 그걸 따질 상황이 아니었다.

　고통만 사라지게 해준다면.

　어떤 짓도 할 수 있었기에.

"사, 살려 주세요! 제발 자백하게 해 주세요."

"저도요. 댓글 알바로…… 유토피아를 저격하는…… 악플을 달았어요. 제발 저부터……처리해 주세요."

피시방 인근의 경찰서.

난데없이 단체로 경찰서를 찾아온 이들로 인하여 경찰서가 난장판이 되었다.

여기는 오장환 자택.

새벽이 되었지만 잠들지 않고 인터넷에 올라온 댓글 알바들의 악플을 구경하면서 신이 나서 호탕하게 껄껄거렸던 오장환.

그런데 이상한 일이 벌어졌다.

목이 말라서 차를 한 잔 마시던 도중.

"응?"

느닷없이 인터넷을 장악했던 유토피아 관련한 악플들이 일제히 종적을 감춘 것이다.

'이게 대체 어찌된 현상이지?'

혹시 잘못 본 것이 아닐까 싶어 몇 번이고 눈을 비벼 본 후에 확인을 해 봤지만 악플이 없다.

물론 몇 개의 악플은 있긴 했다.

명성에서 사주한 전문적인 댓글 알바 부대가 올린 것이 아니고, 부화뇌동한 대중이 단 악플이다.

마치 물 위에 뜬 기름처럼, 확실히 겉도는 느낌을 자아냈다. 이런 댓글들은 화력도 약했기에 금방 유토피아를 옹호하는 댓글들에 파묻힐 터.

'이것들이 똑바로 일을 안 하고 있군!'

돈을 주고 사주한 댓글 알바들이 일을 제대로 하지 못하고 있다는 것에 잔뜩 화가 난 오장환은 당장 양기택을 집으로 호출하고자 핸드폰을 들었다.

그랬는데.

"크으윽!"

오장환은 갑작스레 찾아온 엄청난 고통에 그만 양기택과 통화도 못하고 바닥에 주저앉고 말았다.

댓글 알바들과는 달리 오장환에겐 환청이 들리지 않았다.

그저 고통만 느낄 뿐이었다.

"회, 회장님!"

오장환 자택에 상주하는 가사도우미가 쓰러진 오장환을 발견하곤 다급히 구급차를 불렀다.

하지만 병원에 실려 갔지만 어떤 진통제도 효과가 없었고, 심지어 수면제도 통하지 않았다.

그저 아파서 죽겠다고 몸부림을 쳐대는 오장환의 입에 재갈을 채우듯이 의료용 가제를 물리고, 사지를 침상에 결박하여 병실에 가두는 수밖에 없었다.

의사들도 대책이 없었다. 이제까지 이런 경우는 처음 겪는 일이었기에 다들 고개를 갸우뚱거리게 되었다.

아침 해가 떴다.

지옥 같은 고통에 몸부림치던 오장환은 날이 밝자 그제야 정신을 잃었는지 추욱 늘어졌다.

대기 중인 의사들은 오장환의 의식을 차리도록 잽싸게 응급조치를 취했는데, 차라리 오장환 입장에선 정신을 잃도록 하는 편이 나았을 수도 있었다.

또다시 찾아온 엄청난 고통에 오장환이 죽는다고 비명을 질러 대며 병원을 떠들썩하게 만들었다.

❊

"하! 죽다 살아난 기분이군."

샤워를 마친 석기.

핸드폰을 확인하곤 씩 웃었다.

악플들이 거짓말처럼 사라졌다.

악플러들에 대한 처리.

그건 유토피아 법무팀에서 알아서 처리할 터.

현재 악플들은 모두 삭제가 되었다.

하지만 삭제되기 전의 악플들은 죄다 저장된 상태였기에

증거 자료로 충분했다.

　-지금 마스터의 몸 상태는 다행히 최상의 컨디션으로 돌아왔습
니다. 하지만 고통을 겪었던 기억까지는 완벽하게 치유가 어렵습니
다. 그 점 양해 바랍니다.

　블루의 음성에 석기가 고개를 끄덕여 주었다.
　사실 아침이 되기까지 심한 고통을 겪었던 석기였다.
　하지만 고통이 멈추자 석기는 치료 차원에서 아낌없이 성
수를 이용했다.
　최상급 성수를 마시고, 최상급 성수로 샤워까지 한 덕분에
밤새 손상되었던 신체가 빛의 속도로 원상복구되었다.
　하지만 블루의 말처럼.
　아침이 되기까지 겪었던 고통.
　그걸 떠올리자 소름이 끼쳤다.
　어찌 생각하면 고통을 겪었던 일을 기억하고 있는 것도 좋
았다.
　그래야 능력을 쓰는 것에 그도 책임을 느낄 테니 말이다.

　유토피아 회의실.

"대표님께서 오셨습니다!"

비상회의에 소집된 팀장급 직원들이 비서의 전달에 죄다 자리에서 일어났다.

"다들 일찍 나오셨군요."

회의실에 먼저 와서 기다리고 있던 직원들을 향해 석기가 빙그레 웃으며 인사를 건넸다.

스윽!

석기가 비어 있는 상석에 앉았다.

그런 석기의 우측으론 박창수와 구민재가 앉았고, 좌측으론 채현우와 유승열 홍민아가 자리했다.

"다들 밤새 유토피아 관련한 악플들로 인해 상심이 컸을 것으로 압니다. 다행히 아침이 되기까지 악플들이 죄다 사라지는 기적이 일어나는 바람에 한숨 돌리게는 되었지만, 나머지 처리 사항도 있기에 비상회의를 소집하게 되었습니다."

석기가 회의 테이블에 자리한 이들을 한차례 둘러보았다.

속마음을 듣기 위해서였다.

명성에서 사주했던 악플러들을 처리한 존재가 바로 석기였지만 그건 비밀로 해야만 했다.

스윽!

특히 박창수의 속마음.

한편으론 석기가 세상에서 성수의 존재를 가장 먼저 알렸던 인물이기도 했다.

석기와는 절친의 관계이기도 했지만, 그의 사람 됨됨이를 알고 있기에 일부러 유토피아 사업에 박창수를 끌어들인 것이다.

[밤새 폭풍처럼 쏟아졌던 악플들이 갑자기 새벽녘에 사라진 기적은 어쩌면 석기로부터 비롯된 일일 수도 있을 거야.]

박창수 속마음이 들렸다.

역시 석기 짐작대로였다.

박창수는 예전부터 석기가 예사롭지 않은 존재임을 눈치채고 있는 눈치였다. 그랬기에 이번 일도 석기가 연관이 있을 것이라 여겼던 모양이다.

하지만 그간 겪어 본바 상당히 심지도 굳고 믿을만한 박창수다.

석기를 지키기 위해서 박창수는 사람들에게 자신의 생각을 털어놓을 기색 없이 입을 꾹 다물고 있는 태도를 취했다.

'다행히 나머지 사람들 중 악플들이 갑자기 사라진 것을 나와 연관시키는 인물은 없군.'

석기의 마지막 시선이 채현우에게 멈췄다.

현재 회의실에 참석한 이들 중에서 악플들로 인해 가장 심적 고통이 컸을 것이다.

처음엔 〈아우라〉 립스틱 광고를 물어뜯고자 시작했던 명성의 사주가 결국 〈아우라〉 멤버들을 저격하는 일로 파도타기가 시작되었다.

차마 입에 올리기에 힘들 정도로 심한 인신공격은 당연했고, 거짓말로 멤버들을 폄하했다.

그는 소속 연예인들을 보호해야 하는 기획사 사장이라는 입장이었지만, 단체로 몰려든 악플들을 상대하기엔 불가항력이었을 것이다.

그랬는데 어느 순간 갑자기 한꺼번에 악플들이 사라지는 일이 벌어지자 너무 기뻤을 것이다.

"이건 천우신조가 아닐 수 없습니다! 밤새 인터넷을 도배했던 악플들이 그렇게 사라지다니 말이죠! 역시 하늘도 우리 편이 분명합니다!"

채현우는 조금 전까지 인터넷에 올라왔던 댓글을 확인했던 터였기에 핸드폰을 흔들며 흥분한 기색으로 석기를 쳐다봤다.

더는 악플들이 올라오지 않았다.

게다가 악플들이 사라지자 기다렸다는 듯이 대중의 반응이 호의적으로 돌아선 것이다.

　–대에박! 악플들이 사라졌다!

　–유토피아 까던 놈들! 죄다 간밤에 개과천선한 것이 분명하다! 그렇지 않고선 이런 일이 벌어질 리가 없다!

—유토피아가 잘나가는 것을 질투한 누군가 댓글 알바들을 사주했을 확률이 높습니다!

—이건 방금 들어온 따끈따끈한 소식임! 모 경찰서에 댓글 알바들이 단체로 몰려들었다고 하네염! 누군가의 사주로 유토피아를 저격하고자 그런 짓을 했다고 자백했다져? ㅎㅎㅎ

—역시 정의는 승리한다!

—철저하게 조사해서 사주한 누군가를 감방에 처넣어야만 할 것이다!

석기도 핸드폰을 확인했다.

호의적인 댓글에 채현우를 향해 조용히 웃으며 고개를 끄덕여 준 석기가 회의를 다시 진행하고자 이번엔 구민재의 얼굴로 향했다.

"구 팀장님!"

"네! 대표님!"

석기가 유토피아 법무팀 말고도 성수와 연관된 연구를 맡은 구민재에게도 따로 지시한 사항이 하나 있었다.

"제가 부탁한 건은 어떻게 되었죠?"

"대표님 지시대로 악플이 사라진 시점에 〈아우라〉 립스틱에 관한 성분조사표를 넙튜에 올렸습니다! 이제 누구도 〈아우라〉 립스틱에 대해 함부로 말하지 못할 것이라 생각합니다!"

구민재는 석기를 경이로운 눈빛으로 쳐다봤다.

유토피아 립스틱 〈아우라〉!

성수를 배합하여 어렵게 연구해 낸 끝에 세상 어디에도 없을 진귀한 립스틱을 만들 수 있었다.

그랬는데 그걸 명성에서 사주한 댓글 알바들이 물어뜯고자 발광했을 때는 몹시 분노했지만, 그는 석기의 말을 믿고 기다렸다.

─아침이 오면 악플들이 말끔히 사라질 테니 저를 믿고 너무 속 끓이지 말고 기다려 주세요. 대신 악플들이 사라지게 되면 아침에 구 팀장님이 해 줄 것이 있습니다.

"뭐든지 말씀하십시오, 대표님! 더러운 악플들이 사라질 수만 있다면 무슨 일이든 하겠습니다!"

─제가 전에 말씀드린 〈아우라〉 립스틱 성분조사표, 가지고 계시죠?

"물론입니다!"

─그걸 넵튠에 올려 주십시오! 이런 소동이 일어날 싹을 이번 기회에 깨끗이 도려 낼 생각입니다! 그러니 유토피아 립스틱에는 인체에 유해한 성분이 일절 들어가지 않았다는 것을 대중에 알리는 일이 필요합니다!

"알겠습니다!"

그러자 석기가 말한 아침이 되자 정말로 기적처럼 인터넷에 쏟아져 나왔던 악플들이 사라졌다.

그걸 신호로 구민재는 넙튜에 석기의 지시대로 〈아우라〉 립스틱의 성분조사표를 올렸다.

그런데 결과가 곧바로 나타났다.

–여러분! 넙튜에 유토피아 〈아우라〉 립스틱 성분조사표가 올라왔던데 보셨나요?

–누가 발암물질이래? ㅋㅋㅋ

–그러게. 발암물질은커녕 인체에 유해한 성분이 전혀 없는 것으로 밝혀짐!

–오히려 립스틱을 바르면 입술을 몇 배로 매력적으로 부각시킬 수 있는 성분이 첨가되었다죠?

–힐링 성분도 첨가되었다능~ㅎ

–오호! 립스틱 한 개로 여러 가지 효과를 주다니 유토피아 〈아우라〉 립스틱 만만세입니다!

–조만간 갤로리아에 판매된다는데 줄을 서서라도 구매할 가치가 있는 제품입니당!ㅎㅎ

–저도요! 유토피아 파이팅!

–믿고 있었습니다! 힘내세요!

–유토피아 대표님 감사함다! 매번 훌륭한 제품을 만들어 내신 대표님! 넘나 사랑합니다용!^^

확실히 대중의 반응은 빨랐다.

넙튜에 〈아우라〉 립스틱의 성분조사표가 올라오자 밤새 악플들로 인하여 수면 아래로 가라앉았던 대중이 앞 다투어 유토피아를 지지하는 반응을 보여주었다.

"대중이 다시 유토피아를 호의적으로 대해 주어 정말 다행입니다! 하지만 이번 악플 소동으로 인해 가장 심한 타격을 받았을 한여진 양이 마음에 걸리는군요."

유토피아 광고제작팀장 유승열.

〈아우라〉 립스틱 광고를 직접 제작한 그였기에 광고를 찍으면서 〈아우라〉 멤버들과 제법 친해진 상태였다. 그랬기에 멤버들의 순수함을 누구보다 잘 알고 있었다.

그랬는데 악플러들이 멤버들을 술집 여자로 취급하고 마약까지 손을 대고 있는 것처럼 허위 정보를 올린 것에 너무 분통이 터졌다.

특히 멤버들 중에서 한여진에 대한 저격이 가장 심했다. 그래서 유승열 딴엔 열심히 악플마다 멤버들을 보호하듯이 반대 댓글을 달아 댔지만, 엄청난 화력에 밀려 전혀 효과를 볼 수 없었다.

[너무 속상했는데 정말 잘되었지. 우리 천사 같은 〈아우라〉 멤버들을 욕한 놈들은 천벌을 받아도 싸! 밤새 악플에 반대 댓글을 단 것은 모두에게 비밀!]

유승열의 속마음을 들은 석기가 속으로 피식 웃었다.

립스틱 광고를 제작하면서 그녀들의 팬이 되어 버린 유승열이 귀엽게 느껴졌다.

"이번 소동으로 한여진 양도 그렇고 멤버들의 심신 안정을 위해 오늘부터 힐링센터 케어에 들어갈 겁니다. 그것으로 조금이라도 위안이 되었으면 하네요. 그리고 MB방송국의 한 사장님께 제가 부탁한 것이 있으니 곧 넙튜에 영상이 올라올 겁니다."

기획홍보팀장 홍민아가 눈을 반짝이며 석기를 쳐다봤다.

"대표님! 그것이 혹시 MB드라마 조연 배역 공개 오디션 영상을 말씀하시는 건가요?"

"맞아요. 한 사장님께 제가 넙튜에 영상을 올리도록 부탁했습니다. 무엇보다 한여진 양을 위해서 제 부탁을 들어줄 거라 생각합니다."

"잘되었네요. 대중이 넙튜 영상을 보게 된다면 한여진 양이 MB드라마의 조연 배역을 차지한 것에 대한 잡음도 쏙 들어갈 것이라 생각합니다."

"저도 그렇게 생각합니다."

한편 MB방송국 사장 한성후.

새벽에 석기의 오피스텔을 방문했던 그는 집으로 돌아와서 한숨도 자지 못했다.

아침의 해가 뜨기까지 악플들에 대한 문제가 해결될 것이라는 석기의 말을 믿고는 있었지만, 악플들이 사라진다고 해도 일부의 대중은 딸 한여진이 MB방송국 사장인 그의 여식이라는 이유로 한여진이 드라마에 합류한 것을 특혜라고 몰아갈 소지가 있었기에 말이다.

　　석기 : 한 사장님, 지금 주무시지 않고 계실 것으로 압니다. 악플이 사라지게 되면 한 사장님께서 해 주실 일이 한가지 있습니다.
　　한성후 : 제가 어떤 일을 하면 되는 거죠?

　　석기의 코톡에 한성후는 안 그래도 딸을 위해서 자신이 할 일이 뭐가 있을까 고민하던 찰나였기에 반색하는 마음이었다.

　　석기 : 넙튜에 MB드라마 조연 배역 공개 오디션 과정이 담긴 영상을 올려 주실 수 있으실는지요.
　　한성후 : 여진이 때문이로군요.
　　석기 : 그렇습니다. 악플이 사라진다고 해도 한여진 양이 한 사장님 여식이라는 것에 특혜 논란이 벌어질 수 있을 겁니다. 이번 기회에 그 문제를 확실하게 종식시키는 것도 좋겠다는 생각이 들어서요.
　　한성후 : 좋습니다! 공개 오디션 영상을 넙튜에 올리겠

습니다!

한성후는 석기가 딸 한여진을 생각하는 마음에 감격해서
그의 요구대로 움직이게 되었다.

어차피 MB방송국 입장에서도 방송국을 함부로 폄하한 악
플에 대한 확실한 대처가 필요한 상황이었기에 망설일 이유
가 없었다.

–헐! MB드라마 조연 배역 공개 오디션 영상을 오픈했다는 소식
입니다! 아무래도 어젯밤 악플 소동에 대한 대처로 보이죠?

–MB방송국 일 잘하네여~ㅎ

–한여진 완전 연기력 쩐다!

–오디션 지원자 중에서 최고네요!

–한여진 양! 파이팅! 과거의 모습가지고 욕하던 사람들 모두 부
러워서 그런 거니 절대 기죽지 마셈!

–오디션 영상 보고도 특혜 논란 지껄이는 인간이 있다면 눈깔을
파 버리라고 하고 싶습니다!

–방금 영상 봤음! 공정한 오디션이 분명하다는 것에 내 손모가
지를 걸겠음! ㅎㅎ

–저도 봤는데 심사위원들을 비롯하여 객석의 참관인들까지 만
장일치로 최고점을 준 것임!

–한여진 존예!

–연기력 장난 아님!

–가창력은 신의 경지!

–드라마로 확실하게 여진 양의 저력을 보여 주길 바랍니다!

–우린 여진 양을 응원합니다!

대중이 모두 유토피아 편으로 돌아섰다.

넙튜에 〈아우라〉 립스틱에 관한 성분조사표와 MB드라마 조연 배역 공개 오디션 영상이 올라온 것의 여파는 실로 엄청난 파급효과를 자아냈다.

✻

웅웅–!

회의가 끝나 갈 무렵.

핸드폰 진동음이 들려왔다.

석기는 바지 주머니에 넣어 놓은 핸드폰을 꺼내 액정을 확인하고는 슬쩍 입꼬리를 올렸다.

"회의는 이만 끝내도록 하죠."

갤로리아 백화점 최대 주주인 서연정의 핸드폰 번호였다.

안 그래도 악플에 갤로리아와 관련한 내용도 일부 섞여 있었기에 서연정으로선 신경이 쓰였을 것이다.

석기가 직원들을 먼저 나가도록 손짓으로 물렸다.

"네! 신석기입니다!"

혼자 회의실에 남은 석기가 서연정과 통화를 나누기 시작했다.

–밤새 인터넷을 장악했던 악플들이 거짓말처럼 자취를 감춰 버렸네요. 그걸 보면 역시 신 대표님 운빨이 강하긴 하네요. 호호!

"인정합니다. 정말 운이 좋았죠!"

–립스틱 성분조사표를 넙튜에 올린 것은 신 대표님이 지시하신 일이겠죠?

"부정하지 않겠습니다. 하지만 이번 일에 한성후 사장님의 도움도 아주 중요하게 작용했죠. MB방송국에서 공개 오디션 영상을 넙튜에 올려준 덕분에 대중이 저희 유토피아를 호의적으로 대하게 되었으니까요."

–한성후 사장님을 움직인 것도 결국 신 대표님께서 하신 일이지 않나요? 저한테는 사실대로 말해도 되거든요. 호호!

"노코멘트 하겠습니다!"

–제가 신 대표님을 불편하게 했나 보군요. 하여간 대중의 반응이 다시 호의적으로 변한 것은 정말 다행스러운 일이라 생각해요. 덕분에 이번 일로 〈아우라〉 립스틱에 대해 국내만이 아니라 중국에서도 지대한 관심을 갖게 되었거든요. 신 대표님! 오늘은 이것저것 처리하시느라 바쁘실 테고, 내일은 어때요? 시간 괜찮으시면 립스틱 관련 문제도 상의할 겸 저랑 저녁 식사

나 함께하시죠.

"좋습니다!"

서연정과 통화가 끝났다.

석기가 빙그레 웃었다.

명성에서 사주한 이번 악플 소동이 오히려 석기를 도왔다.

노이즈 마케팅.

악플 소동이 〈아우라〉 립스틱을 홍보하는 수단으로 작용했다. 서연정이 이리 나온 것을 보면 중국에서 〈아우라〉 립스틱에 뜨거운 반응을 보이고 있는 모양이라 여겼다.

웅웅—!

석기가 회의실을 나서려는데 핸드폰이 또 진동음을 토해냈다.

액정을 확인했다.

유토피아 법무팀장 서경훈에게서 걸려온 전화였다.

서경훈은 작년에 구 노인의 양평 야산을 석기가 물려받는 일로 도움을 주었던 서경철 변호사의 동생 되는 자였다.

처음에는 구 노인의 배려로 서경철이 석기의 일을 봐주었지만, 갈수록 석기의 사업이 커지게 되자 서경철은 석기의 사업에 젊은 피가 필요하다는 이유로 동생인 서경훈을 석기에게 소개했다.

구 노인이 신뢰하던 서경철처럼 서경훈 역시 인성이 꽤 괜찮은 인물이었고, 법적으로도 능력이 출중해서 유토피아 법무팀장으로 고용하게 되었다.

'악플러들이 경찰서에 자수한 일로 연락했나 보군.'

법무팀장 서경훈의 연락에 석기의 눈빛이 반짝였다.

"무슨 일이시죠?"

—대표님! 방금 신림동 경찰서에서 연락이 왔습니다!

신림동 경찰서에서 온 연락.

석기는 왜 그곳에서 유토피아 법무팀에 연락을 한 건지 이유를 알고 있었지만 서경훈에게는 모르는 척 나오는 것이 좋았다.

"그곳에서 왜 연락한 걸까요?"

—신림동 모 피시방에 모여서 밤새 유토피아 관련하여 인터넷에 악플들을 올렸던 이들이 경찰서에 단체로 몰려와 자백했다고 합니다.

"그래요?"

—한데 악플러들이 누군가의 사주로 유토피아를 저격하기 위해서 그런 짓을 저질렀다고 진술한 모양입니다. 그래서 경찰서에 가기 전에 대표님께 알고 계시는 것이 좋을 듯싶어서 이렇게 연락드렸습니다.

"잘하셨습니다. 근데 사주한 인물이 누군지는 밝혀졌나요?"

—그건 아직 정확히 밝혀지지 않았나 봅니다. 해서 직접 악플러들을 만나 볼 생각입니다.

"그렇다면 저도 함께 가죠."

-대표님께서요?

"네! 그게 좋겠네요. 어떤 놈들이 우리 유토피아를 저격했는지 얼굴을 보고 싶네요."

-아, 알겠습니다. 그럼 잠시 후에 경찰서에 제출할 증거 자료를 갖고 대표님을 찾아뵙겠습니다.

명성의 사주를 받은 악플러들.

개중에는 정말 돈이 필요해서 악플러를 받아들인 이들도 있겠지만, 그래도 거짓말로 상대를 비방하고 심지어 씻을 수 없는 상처를 주는 것에 일말의 죄책감도 갖고 있지 않던 이들이다.

만일 석기에게 악플러들을 처리할 능력이 없었더라면 지금쯤 인터넷을 장악한 악플들로 인해 〈아우라〉 멤버들은 정신적 고통을 견디지 못하고 무너져 내렸을 것이다. 또한 유토피아 립스틱에 대한 대중의 반감은 석기가 일으킨 모든 사업과 심지어 MB드라마에도 심각한 악영향을 끼쳤을 것이다.

'명성에서 악플러들을 사주했을 때 단단히 조치를 취해 놓았을 것이나 그래도 혹시 모르는 일이니.'

운이 좋다면 악플러들의 속마음을 통해 오장환을 수면 위로 끌어낼 수 있을지도 모른다.

사주한 인물을 찾아낸다면 악플러들이 인터넷에 쏟아 낸 더러운 댓글들은 유토피아 법무팀에서 저장해 놓은 상태였기에 그걸 증거 자료로 내세워 오장환을 핍박할 작정이었다.

물론 비열한 오장환은 그런 상황이 되어도 순순히 실토할 리 없을 테니 오리발을 내밀고자 할 터.

하지만 명성미디어에서 유토피아를 의식해서 그런 추잡한 짓을 했다는 소문이 엔터테인먼트계에 퍼져 나갈 테니 오장환의 자존심에 스크래치를 낼 수는 있을 것이다. 이미 지옥의 고통을 겪게 하는 것으로 오장환에게 복수한 상태지만, 그래도 더욱 엿을 먹일 수 있다면 얼마든지 그럴 작정이다.

✤

석기가 대표실로 들어왔다.

경찰서로 가기 전에 차나 한잔 마시고자 탕비실로 움직이던 찰나, 밖에서 노크 소리가 들렸다.

"들어오세요."

법무팀장 서경훈이 아니라 박창수가 석기를 찾아왔다.

안 그래도 박창수와의 면담도 필요하던 터였기에 잘되었다고 생각한 석기는 차를 두 잔 준비해서 소파가 있는 테이블에 자리했다.

"마셔."

석기가 편하게 박창수를 대했다.

박창수가 석기를 찾아온 이유.

아까 회의실에선 입을 꼭 함구하고는 있었지만, 박창수는 악플들이 갑자기 인터넷에서 사라진 것을 석기와 연관을 짓고 있을 것이다.

적어도 어디 가서 함부로 입을 나불댈 박창수는 결코 아님을 믿고 있지만, 그래도 박창수가 그런 생각을 했다는 것에 석기 입장에선 단속이 필요했다.

"향기가 아주 좋은데."

석기가 말을 놓자 박창수가 편해진 표정으로 차를 마셨다.

심신이 한결 정화되는 차.

성수가 들어간 차였기에 기분 좋게 차를 마신 박창수가 조심스레 입을 떼었다.

"소식 들었어? 오장환 회장 병원에 입원했다던데."

"혹시 악플러들을 사주한 것에 대한 정보가 밝혀질 것에 대비한 쇼인가?"

오장환이 병원에 입원한 것.

충분히 예상하고 있던 바였다.

악플러들과 마찬가지로 오장환에게도 지옥 같은 고통을 선사했던 것이다. 늙은이의 몸으로 쉽게 견디기 힘든 고통일 터.

고통이 멈춘다고 해도 오장환은 당분간 후유증으로 며칠간은 요양이 필요하리라.

"쇼는 아닌 모양이더라."

"쇼가 아니라고?"

"죽는다고 난리를 치는 바람에 병원이 발칵 뒤집혔대."

"그럼 진짜로 아픈 건가?"

"오장환 회장, 사지를 결박당한 채 묶여 있을 정도로 상태가 매우 심각한 모양이야."

"허! 천벌을 받은 모양이네. 우리 유토피아를 작살내고자 악플러들을 사주한 인간이니."

"그러게 말이야."

속이 시원하다는 표정을 짓고 있는 석기의 모습에 박창수의 눈빛이 살짝 흔들렸다.

[혹시 오장환 회장이 그런 것도 석기와 연관이 있는 일일까?]

석기는 박창수 의문에 단속을 시작했다.

"창수야."

"응?"

"넌 이번 악플 소동 어떻게 생각해?"

"어떻게 생각하긴. 운 좋게 악플들이 사라져서 망정이지, 아니면 〈아우라〉 멤버들 완전 대중에 더러운 애들로 찍혔을 거야. 그리고 석기 네 사업도 크게 지장을 초래했을 테고. 정말 채 사장님 말처럼 천우신조라고 생각해. 그리고 운빨이 좋은 석기 너와 한편을 먹은 것에 감사하게 생각하고 있어. 내가 힘이 되어 주어야 할 텐데 이렇게 월급 루팡처럼 지내고 있으니 말이야. 미안하다."

박창수의 눈빛은 진심이다.

속마음 또한 한결같았다.

[석기 네가 어떤 사람이든지 나는 너를 영원히 응원할 것이다! 힘내라 나의 절친 신석기!]

석기의 가슴이 뭉클해졌다.

박창수를 곁에 두게 된 것이야말로 천우신조였다.

신림동 경찰서.

석기는 법무팀장 서경훈을 대동한 채 경찰서를 방문했다.

악플러들이 단체로 경찰서를 찾아온 소동은 결국 기자들의 귀에 들어가게 되었고, 석기가 경찰서에 당도한 순간 입구에 기자들이 잔뜩 깔린 상황이었다.

"와아! 유토피아 신석기 대표다!"

석기의 등장에 기자들이 우르르 그의 주위로 몰려들었다.

여기저기서 카메라 플래시가 터지고 마이크가 내밀어졌다.

"신 대표님! 유토피아를 저격한 인물이 누구라고 생각하십니까?"

"악플러들이 고의적으로 유토피아를 공격한 이유가 무엇이라고 보십니까?"

"이번 악플 소동으로 상당한 충격을 받았을 것으로 압니다! 〈아우라〉 멤버들의 상태는 어떻습니까?"

석기가 경찰서를 찾아온 이유는 기자들과의 인터뷰가 목적이 아니라 악플러들의 속마음을 들을 생각에 찾아온 것이다.

"저희 유토피아에 관심을 가져 주셔서 감사하게 생각합니다! 유토피아와 관련한 악플 소동이 일어난 점에 대해선 진심으로 유감스럽게 생각합니다. 그것에 대해선 조만간 정식으로 기자회견을 통해 입장을 표명할 예정입니다! 그러니 죄송하지만 이만 길을 비켜 주셨으면 합니다!"

다행히 석기의 강경한 태도에 기자들도 더는 그의 앞을 가로막지 못했다.

이어 실내로 들어선 두 사람은 담당 형사와 인사를 나누었다.

"유토피아 법무팀장 서경훈입니다! 이쪽 분은 저희 유토피아 신석기 대표님이시고요. 악플러들과 잠시 얘기를 나눠 보고 싶습니다."

잠시 후, 담당 형사가 유치장에 갇혀 있었던 피시방 주인과 댓글 알바를 했던 두 명을 데려왔다.

댓글 알바들이 단체로 경찰서에 찾아와 자수를 한 상황이다. 거주지가 확실하고 도주의 위험이 없는 이들은 집으로 돌려보냈을 것이다.

그럼에도 이들 셋만 유치장에 계속 남아 있었던 것은 악플 소동의 핵심 인물이란 점에 조사가 필요했던 모양이다.

"이쪽은 댓글 알바들의 악플을 다는 장소를 제공했던 피시방 주인 지형구 씨입니다. 그리고 옆의 둘은 피시방 주인과 손을 잡고 악플러들의 분위기를 조장했던 이들이고요."

담당 형사의 소개에 셋은 지은 죄가 있다 보니 고개를 푹 숙였다.

일단 법무팀장 서경훈이 담당 형사를 향해 먼저 질문을 했다.

"일을 사주한 인물에 대해선 밝혀진 상태입니까?"

"그게…… 다들 자신이 저지른 짓을 자백하긴 했지만 사주한 인물에 대해선 모른다고 나오고 있습니다."

담당 형사의 말에 이번엔 석기가 나섰다.

"사주한 인물을 모르진 않을 겁니다. 그럼에도 계속 사주한 인물을 비밀로 하겠다면 그에 상응하는 대가를 치르도록 해 줄 생각입니다."

피시방 주인 지형구 속마음이 들렸다.

[젠장! 이럴 줄 알았으면 일을 맡는 것이 아니었는데. 양기택 그놈이 거금을 들이미는 바람에 욕심이 나서…….]

지형구에게서 오장환 회장의 비서실장인 양기택의 이름이 언급되었다.

그것으로 악플 소동은 역시 석기의 짐작대로 명성의 오장환과 연관이 있다는 것이 밝혀진 셈이다.

[윽! 누가 사주했는지 내가 어떻게 알아.]
[우린 형구 형님 말대로 분위기를 조장하는 일만 맡았는데.]

지형구를 제외한 나머지 두 사람은 사주한 인물에 대해 아는 바가 없는 것이 밝혀졌다.

"지형구 씨! 혹시 양기택 씨를 알고 있나요?"

"허억!"

석기의 떠보듯 묻는 말에 정곡을 찔렸는지 지형구의 안색이 허옇게 변했다.

❀

석기의 눈빛이 빛났다.

속마음 듣기를 통해 사주한 인물을 알게 되었으니 이제 그 걸 실토하게 만드는 일이 필요했다.

스윽!

석기의 시선이 피시방 주인 지형구에게로 향했다.

명성미디어 비서실장 양기택.

그가 지형구에게 악플을 다는 일을 사주했을 때 단단히 입 막음을 시켰을 것이다.

그러니 자백을 하러 경찰서를 찾아왔음에도 아직까지 양 기택 이름만큼은 실토하지 않았을 터.

그랬기에 그런 지형구 입에서 양기택 이름이 나오도록 하 려면 보통 협박으론 통하지 않을 것이다.

밤새 지옥 같은 고통을 겪은 자다.

지형구를 위한 맞춤형 협박이 필요했다.

"지형구 씨, 이 자리에서 대답을 하지 않아도 됩니다. 대 신 하늘이 알아서 심판을 내리겠죠."

석기의 표정은 아주 차분했다.

지형구에게 알아듣게 조용히 으름장을 놓았으니 필시 무 언가 반응을 보이리라.

밤새 지옥 같은 고통에 시달렸던 지형구에게 하늘이 알아 서 심판을 내린다는 말은 그 어떤 협박보다도 두려움을 가져 다 줄 협박이 될 터였기에.

역시 석기의 예상대로였다.

부르르르!

지형구가 몸을 마구 떨어 댔다.

하늘의 심판이 두려웠던 게다.

[으윽! 하늘이 알아서 심판을 내린다면 또 고통이 찾아온다는 건가? 그걸 다시 겪느니 차라리 양기택 비서실장에게 사주받은 것을 밝히는 편이 좋겠어! 위약금을 열 배로 물어내고 조폭들이 피시방을 박살 낸다고 할지라도 차라리 그게 훨씬 나아!]

지형구가 쉽게 양기택을 실토하지 않은 이유가 있었다.

사주한 양기택을 밝힐 경우, 받은 돈의 열배를 물게 되고 심지어 피시방까지 망하게 만들 것이라고 했던 탓이다.

부르르! 부들부들!

하늘의 심판이 두려운 것은 옆의 두 명도 마찬가지였다.

둘은 사주한 양기택을 전혀 모르고 있는 상태이나 석기의 말에 자극받았는지 겁에 질린 기색으로 마구 떨어 대고 있었다.

'그렇다면 밥은 익었고. 이제 뜨기만 하면 되겠군.'

석기가 의자에서 일어섰다.

약간의 쇼가 필요했다.

이곳에는 담당 형사도 있었고, 이곳을 관심 있게 연신 힐끔거리고 있는 다른 형사들도 있었다.

"서 팀장님! 그만 가시죠. 지형구 씨가 사주한 인물에 대해 아는 정보가 없는 모양입니다."

"그래도……."

서경훈이 아쉬운 표정으로 자리에서 일어섰다.

조금 전에 석기 입에서 양기택이 언급된 순간 지형구의 반응이 뭔가 수상했던 탓이다.

그랬기에 조금만 더 밀어붙인다면 뭔가를 건질 수도 있을 것만 같았기에 말이다.

그러자 바로 그때였다.

털썩!

석기의 쇼가 통했다.

지형구가 바닥에 무릎을 꿇었다.

털썩! 털푸덕!

악플러 두 사람도 지형구와 같은 행동을 취했다.

"이, 이놈들이 갑자기…… 왜?"

이런 상황에 석기의 쇼를 모르는 담당 형사는 바닥에 무릎을 꿇고 있는 지형구와 악플러들을 당황한 기색으로 쳐다봤다. 힐끔거리며 이곳을 지켜보고 있던 다른 형사들도 마찬가지로 어이를 상실한 눈빛이 되었다.

"사, 살려 주십시오! 이대로 가시면 안 됩니다! 제발 살려 주십시오!"

지형구는 석기를 그냥 보냈다간 하늘이 노하여 또다시 지옥 같은 고통이 찾아올지도 모른다고 생각하자, 얼른 석기의 바짓가랑이를 붙들고 살려 달라고 애원했다.

"허어! 제가 언제 지형구 씨를 죽이겠다고 협박이라도 했나요? 사주한 인물을 밝히지 않아도 괜찮습니다! 그만 손을 놓아주시죠!"

석기의 싸늘한 태도에 지형구는 더욱 겁에 질려 석기의 다리를 꼭 붙들고 놔주지 않았다.

"아, 아닙니다! 실토하겠습니다!"

"실토하겠다고요?"

"네, 네! 사주한 인물이 누군지 실토하게 해 주십시오! 제발!"

석기에게 매달려 제발 실토하게 해 달라고 애원하는 지형구의 분위기에, 옆의 둘도 손바닥을 싹싹 빌어 대며 동참했다.

"제발! 형구 형님이 실토하게 해 주십시오!"

"흐윽! 실토하게 해 주십시오!"

갑자기 난데없이 요상한 분위기가 연출되자 담당 형사는 이해가 되지 않았다.

[이놈들 대체 뭐 하는 짓이지? 그렇게 물어도 끔쩍도 안 하던 놈이 신 대표에게는 실토하겠다고 절절 매는 꼴이

라니?]

솔직히 석기가 크게 화를 내지도 않았고, 살벌하게 으름장을 놓은 것도 아니었기에 말이다.

그저 듣기 좋은 차분한 음성으로 실토하기 싫으면 하지 말라는 말만 했을 뿐이다.

그때 서경훈이 기회다 싶었던지 상황을 정리하듯이 나왔다.

"대표님! 사주한 인물에 대해 실토하고 싶다는데 들어 주시는 것이 어떻겠습니까?"

"그러죠, 뭐. 저렇게 원하는데."

석기의 대답에 지형구는 살았다는 기색으로 얼른 석기를 향해 감사 인사를 표했다.

"감사합니다! 감사합니다!"

나머지 둘도 이제 하늘의 심판을 받지 않아도 된다고 생각하자 눈물이 앞을 가렸다.

"흐윽! 정말 감사합니다!"

"은혜 잊지 않을 겁니다!"

바닥에 있던 셋이 의자에 앉았다.

사주한 인물에 대해 실토를 받는 일은 담당 형사가 처리할 일이나, 아직 남은 것이 하나 더 있었기에 석기가 다시 나섰다.

"밖에 기자들이 잔뜩 몰려와 있더군요. 만일 지형구 씨가 사주한 인물을 밝히게 되면 기사로 나갈 수도 있을 겁니다. 증거를 입증할 자료가 없다면 지형구 씨의 실토는 거짓으로 처리될 수도 있습니다. 그렇게 되면 오히려 무고죄나 명예 훼손으로 고소당할 수도 있습니다. 그래도 실토하시겠습니까?"

석기로선 일을 확실하게 처리하려는 의도에서 이런 말을 꺼낸 거였지만, 그것을 배려로 착각한 지형구는 감읍하여 눈물이 흘러나왔다.

[돈에 현혹되어 이런 사람의 회사를 헐뜯고자 했다니, 그나마 다행히 양기택 비서실장과 나눈 통화 내용을 녹음해 놓기를 정말 잘했다.]

지형구 속마음이 들렸다.

속마음의 내용이 사실이라면 양기택이 일을 사주한 것에 대한 증거 자료로 훌륭했다.

"즈, 증거 자료 있습니다!"

지형구가 바지를 걷어 올렸다.

종아리에 붙어 있던 반창고를 떼 냈다.

숨겨 놓았던 USB를 꺼내 그가 자랑스럽게 흔들어 보였다.

"이게 바로 증거 자료입니다! 여기에 명성미디어 오장환 회장의 비서실장인 양기택 씨가 일을 사주할 때 요구했던 내용이 들어 있습니다. 만약을 대비하여 혹시 몰라서 몰래 준비한 거였는데 이렇게 쓰이게 되었네요."

증거 자료가 나온 것에 담당 형사의 표정이 밝아졌다.

USB를 컴퓨터에 연결했다.

모두가 있는 자리에서 확실하게 확인하기 위해서였다.

[이번 일을 해 주는 대가로 선수금 5천만 원을 드리겠습니다. 그리고 마지막까지 마무리를 잘해 주시면 나머지 잔금 5천을 더 드리고요.]

지형구는 댓글 알바들의 악플을 다는 장소로 피시방을 작업 장소로 제공한 대신 양기택에게 1억 원을 받기로 한 것이 밝혀졌다.

[저격할 대상은 유토피아와 관련한 내용이면 무엇이든지 좋습니다! 유토피아 립스틱 광고! 립스틱 품질 논란! 걸그룹 〈아우라〉 멤버들! 특히 〈아우라〉의 멤버 중의 하나이자, MB 드라마에 조연 배역으로 출연한 한여진에 대해서는 수위를 넘는 수준이면 더 좋겠습니다!]

또한 양기택은 지형구에게 저격할 대상에 대해서도 확실

하게 언급한 상태였다.

필요한 것을 모두 얻어 냈다.

지형구와 악플러 두 명은 다시 유치장으로 향했고, 석기와 서경훈도 자리에서 일어섰다.

이제 명성에서 어떤 식으로 대응할지 그것이 기대되었다.

'오장환이 병원에 입원 중이니 이번 소동은 명성에서도 쉽게 감당하기 어려울 것이다.'

경찰서를 벗어났다.

운전대를 잡은 서경훈.

뒷좌석에 자리한 석기를 대하는 그의 눈빛에 존경심이 가득했다.

석기의 카리스마.

그것이 통한 건지 몰라도 차분히 악플러들을 상대했음에도 다들 벌벌 떨면서 사주한 인물을 실토하겠다고 애원까지 했다.

악플러들을 사주한 인물.

명성미디어 오장환 회장의 비서실장인 양기택으로 밝혀지는 바람에 사건이 커진 것도 있고, 대중의 관심이 격렬하다는 것에 이번 사건은 검찰로 넘어갈 것이라 여겼다.

"서 팀장님, 이번 사건은 검찰로 넘겨질 수도 있겠군요."

"제가 생각해도 그렇습니다. 검찰에서 좋은 먹잇감을 놓칠 리가 없을 테니 아마 빠르면 내일부로 넘어갈 소지가 다분합니다."

"그렇다면 우리도 악플러들에 대한 처리를 제대로 법대로 처리토록 요구할 필요가 있겠군요."

"그렇습니다. 명성에서 유토피아를 저격하고자 나온 것이 밝혀졌으니 검찰에서 양기택 비서실장을 불러들여서 조사에 들어갈 겁니다. 증거 자료가 있으니 양기택 비서실장도 오리발을 쉽게 내밀지 못할 거라 봅니다."

서경훈의 말에 고개를 끄덕여 준 석기가 자신의 의견을 밝혔다.

"명성에선 양기택에게 모든 책임을 전가시키는 방법으로 이번 문제를 해결할 수도 있습니다."

"그렇게 되면 양기택 비서실장만 억울하겠군요. 양기택 씨가 댓글 알바를 사주하여 유토피아를 저격한 것은 결국 오장환 회장의 지시로 비롯된 일일 테니 말이죠."

서경훈 말에 석기의 눈빛이 빛났다.

"하지만 오장환 회장이 현재 병원에 입원 중이니…… 양기택 비서실장이 어떻게 나올지가 의문이네요."

석기의 말에 서경훈이 씁쓸히 웃으며 대구를 흘렸다.

"악플 소동에 대처하여 미리 발 빠르게 병원에 입원하는 치밀함을 보이다니. 역시 오장환 회장입니다. 그건 쇼가 분명할 겁니다."

"듣자 하니 쇼가 아니라 진짜 몸이 아파서 입원했다고 하더군요."

"네에? 진짜 몸이 아파서요?"

"엄청 아픈 모양입니다."

"엄청요?"

법무팀장 서경훈은 오장환의 상태를 모르는 상황이라 알려 줄 필요가 있었다.

"입에 재갈이 물리고 사지가 결박당한 채로 있다는 걸로 보아선 문제가 심각한 모양입니다."

"허어! 그렇게 심각한 상황이라면 이번 일은 오장환 회장의 입김이 좌우되지 않고 처리가 될 수도 있겠는데요?"

오장환이 병원에 입원 중인 상황.

그건 바로 석기의 능력으로 비롯된 일이었고, 한 사나흘은 더 고통에 시달릴 것이니, 이번 일에는 오장환의 입김이 전혀 관여하지 못할 터였다.

"어쩌면 이번 일은 이제까지와는 다른 양상으로 흘러갈 수 있을지도 모릅니다."

"그렇다면 양기택 비서실장이 어떻게 나오느냐가 중요한 변수가 될 수 있겠군요."

"그렇죠. 오장환 회장을 물고 늘어질 수도 있지만, 이전처럼 독박을 쓰는 경우로 흘러갈 수도 있을 겁니다."

"만일의 경우 양기택 비서실장이 단단히 마음먹고 오장환 회장을 물고 늘어진다면 오장환 회장도 골치가 꽤 아프겠군요."

골치는 물론 아플 것이다.

하지만 비열한 오장환의 성격상 어떤 식으로든 반드시 법망에서 빠져나가고자 할 터.

'어떤 식으로 행동하든 양기택만 중간에서 피를 보겠군.'

양기택이 비서실장 자리에서 해임된다면 벌써 세 번째나 갈아치우는 셈이 될 터.

'명성의 직원들에게 비서실장 자리는 일종의 회장을 위한 방패막이나 다름없다고 느끼게 될 테니, 이제는 누구도 비서실장 자리를 맡고자 나서는 인물이 없겠어.'

모두 자승자박이었다.

사람을 함부로 대하는 오장환에게 진심으로 충성을 다하는 직원이 있을 리 만무했다.

❧

저녁 무렵.

MB방송국 뉴스제작팀에선 유토피아 악플 소동에 대한 보도를 핵심 뉴스로 보도했다.

유토피아 관련한 악플러들에 대한 조사가 내일부로 검찰로 넘겨진다는 소식입니다. 유토피아 신석기 대표는 허위로 악플을 달아 유토피아에서 생산한 제품들을 폄하하고, 소속 연예인들에 대한 인신공격을 서슴지 않았던 악플러들에 대해 철저하게 조사해서 법대로 처리해 줄 것을 요구했습니다. 또한 악플러들을 사주한 인물로 밝혀진 양 모 씨에 대해서도 법의 처분을 받도록 요구했습니다.

❊

다음 날 아침.

명성미디어 비서실장 양기택.

검찰의 소환에 응하기 전에 그는 오장환이 입원 중인 병실을 방문했다.

오장환은 이번 악플 소동을 양기택에게 독박을 씌우고자 나올 것이 뻔했다.

분했지만 어쩔 수 없었다.

"회, 회장님!"

그런데 입에 재갈이 물리고 사지가 결박당한 오장환의 상태를 확인하자, 양기택은 머릿속이 복잡했다.

비장의 무기를 준비하다

'잘 생각해야만 한다!'

지금 오장환이 이렇게 병실에 누워 있지 않고 건재했다면. 당장 소동을 잠재울 의도로 일을 제대로 처리하지 못한 양기택에게 이번 소동에 대한 책임을 혼자서 지게 했을 것이다.

'댓글 알바들을 사주하여 유토피아를 저격한 일을 나의 과잉 충성심에서 비롯된 것으로 몰게 될 거다.'

그런데 문제는 양기택이 오장환을 위해 모든 일을 혼자 뒤집어쓴다고 해도, 그에게 남는 것이 없다는 점이다. 이미 버리는 패가 되어 버린 이상, 그를 위해 오장환은 절대 인심을 쓸 인간이 아니다. 어쩌면 형을 선고받은 양기택을 감방 안에서 죽게 만들 수도 있다.

'그렇다고 오 회장 방패막이 역할을 못 하겠다고 버틴다고 해도 문제다. 분명 해결사를 사주하여 내 목숨을 빼앗고자 나올 터.'

앞서 비서실장을 지냈던 이들이 어찌 당했는가.

오장환에게 토사구팽을 당하면 그것으로 끝이라 보면 되었다. 전전 비서실장은 인천 부두에서 물에 빠져 익사했고, 전 비서실장은 상하이 공항 남자 화장실에서 변사체로 발견되었다.

'이래 죽으나, 저래 죽으나 매한가지! 지렁이도 밟으면 꿈틀댄다는 것을 보여 주려면 어쩌면 지금이 기회일 수도 있다!'

양기택은 주먹을 꽉 움켜쥐었다.

오장환의 현재 몸 상태로 보아선 온전히 회복이 되기까지 적어도 며칠은 병원 신세를 질 것으로 여겨졌기에 이번 사건은 양기택의 진술이 중요하게 작용할 수 있다.

양기택이 과잉 충성심으로 저지른 것으로 처리되는 것보다는 아무래도 오장환의 지시로 일을 벌였다는 것이 양기택 입장에선 유리하게 작용될 것이다.

'좋아! 어차피 토사구팽을 당할 것은 정해진 수순이다. 그럴 바에는 차라리 오 회장을 물귀신처럼 물고 늘어져 복수라도 하고 죽자!'

양기택은 각오를 굳게 다진 눈빛으로 입술을 꽉 깨물고 오장환이 입원 중인 병실에서 나왔다.

❈

서울 검찰청.

담당 검사를 만난 양기택.

그는 진술서를 작성하기 전에 허리띠를 풀어 그 안에 들어 있던 자그마한 물체를 꺼내 검사에게 보이며 말했다.

"피시방 주인 지형구 씨에게 사주를 한 것은 모두 명성미디어 오장환 회장님의 지시로 비롯된 일입니다! 이것이 바로 오장환 회장님이 제게 지시한 것을 증명할 수 있는 증거 자료가 되어 줄 겁니다!"

피시방 사장 지형구가 양기택이 사주한 것을 녹음하여 증거 자료로 만든 것처럼, 양기택 역시 오장환과의 대화 내용을 녹음한 상태였다.

워낙 의심이 많은 오장환이다.

그래서 오장환과 대화를 나눌 때마다 양기택은 사용 중인 핸드폰을 테이블에 내려놓았지만, 사실 오장환의 눈을 속인 녹음기는 따로 준비해 놓았던 것이다.

바로 양기택이 착용한 허리띠.

처음에는 정장 상의에 녹음기로 제작된 만년필을 꽂고 다녔지만, 이를 힐끔거리는 오장환의 시선에 불안함을 느끼게 되어 좀 더 은밀한 곳에 녹음기를 장착하게 되었다.

앞서 오장환의 비서실장 역할을 수행했던 이들이 억울하게 목숨을 잃은 것을 알고 있기에, 그도 언젠가는 그런 일이 벌어질 것에 대한 대비가 필요했던 탓이다.

"최첨단으로 제작된 초소형 녹음기인지라 상당한 액수를 지불했지만 효과는 확실합니다. 언젠가 이런 일이 일어날 것에 대비한 건데, 아주 유용하게 쓰이게 되었네요."

담당 검사가 살짝 어이없다는 눈빛으로 양기택을 쳐다보다 녹음 내용을 확인했다.

녹음된 내용들은 명성미디어 회장 오장환과 비서실장 양기택이 주고받은 대화들이었다.

하지만 담당 검사는 녹음 된 내용을 통해 그동안 오장환이 유토피아를 엄청나게 의식하고 있다는 것을 익히 알 수 있었지만, 이번 악플 소동을 사주한 것으로 보기엔 내용이 살짝 애매했다.

"이걸로는 좀 곤란하겠는데요?"

"그럴 줄 알고 다른 것도 준비했습니다."

"다른 것을요?"

"기다리시죠."

양기택이 이번엔 핸드폰을 꺼내 테이블에 자신 있게 내려놓았다.

허리띠에 숨겨 놓은 녹음기.

그건 오장환 회장이 유토피아를 못마땅하게 여기고 있다는 것을 증명하는 자료는 되어 줄 것이나, 이번 악플 소동을 사주한 것의 증거 자료로는 미흡했다.

그걸 양기택도 알고 있었다.

오장환은 불법적인 일을 사주할 때는 반드시 대포 폰을 사용했다.

그 점은 양기택 역시 마찬가지였다.

"이것은 제가 그동안 사용했던 대포 폰입니다! 통화를 나눈 상대는 명성미디어 오장환 회장님이고요. 녹음된 통화 내용과 음성을 확인한다면 이번 사건에 충분한 증거 자료로 채택될 수 있을 것이라 봅니다!"

"그렇게 자신한다면 한번 확인해보죠."

검사가 녹음 내용을 확인했다.

양기택은 대포 폰으로 오장환과 통화할 때, 특히 댓글 알바들을 사주한 통화 내용을 분명 쓰임새가 있을 것이라 여겨 저장해 두었는데, 역시 도움이 되었다.

[립스틱 광고를 물고 빠는 놈들, 사정없이 인신공격해 버려! 도저히 낯 뜨거워서 글을 싸지를 수 없게 말이지! 그래야 다른 놈들도 더는 립스틱 광고 관련하여 찬양하는 댓글 달지 못할 거 아냐!]

오장환이 양기택에게 댓글 알바를 사주하라는 지시를 내린 부분 중에서 충분한 증거 자료가 될 만한 내용이 나왔다.

　　"그러니 제가 혼자 과잉 충성심에서 댓글 알바들을 사주한 것이 아니라, 모든 것은 오장환 회장님의 지시로 비롯된 일임을 참고해 주셨으면 합니다."

　　양기택이 어깨를 쫙 폈다.

　　그도 지은 죄가 있으니 법의 심판을 받겠지만, 그래도 이제는 독박을 쓰는 일은 없을 터.

✻

　　유토피아 대표실.

　　법무팀장 서경훈이 석기를 찾아왔다.

　　"대표님! 소식 들으셨습니까? 오늘 검찰에 출두한 양기택 씨가 댓글 알바를 사주한 것이 오장환 회장의 지시로 비롯된 일이었다고 진술한 모양입니다."

　　"명성 법무팀의 분위기는 어떠한가요?"

　　"오장환 회장이 아직 병원에 입원 중인 상태이니 명성 법무팀에서도 뭐라고 입장을 표명하기 어려운 상황인 모양입니다."

　　"흐음! 양기택 비서실장이 그리 나왔다면 뭔가 증거 자료가 될 만한 것을 손에 쥐고 있다는 의미일 텐데요."

양기택이 단단히 마음을 먹은 것은 확실했다.

하지만 증거 자료 없이 일을 만들지는 않았을 터.

"검찰청에 근무하는 선배의 말로는 양기택 비서실장이 오장환 회장과 대포 폰으로 주고받은 통화 내역을 담당 검사에게 증거 자료로 건넸다고 합니다."

"대포 폰 통화 내역을 건넸다고요?"

"오장환 회장이 법에 저촉되는 일을 사주할 때 혹시 문제가 될 것을 대비하여 이제까지 대포 폰을 사용했던 모양입니다. 그걸 용케 양기택 비서실장이 녹음을 했던 거고요. 근데 더욱 재미있는 것은 대포 폰 통화 내역만이 아니라 양기택이 그동안 오장환 회장과 대화를 했던 녹음 내용도 검사에게 건넨 모양이더군요."

"양기택 비서실장이 그리 나온 것은 오장환 회장에게 팽을 당할 것을 염두에 두었다는 의미일 겁니다. 게다가 오장환 회장이 입원 중이라 아직 사건에 관여를 못할 것이니 양기택 입장에선 기회라고 생각했나 봅니다."

"이래 죽으나 저래 죽으나 매한가지라고 생각했을 테니, 물귀신 작전으로 오장환 회장을 물고 늘어지겠다는 거로군요!"

"이제까지 오장환 회장의 비서실장을 지낸 이들의 최후를 생각하면 양기택 비서실장 입장에선 그것이 최선이라고 생각했을지도 모릅니다."

서경훈이 씁쓸히 입맛을 다셨다.

"쩝! 갑자기 양기택 비서실장이 불쌍하게 느껴지네요. 나중에 오장환 회장이 퇴원하게 되면 분명 보복을 하고자 나올 텐데 말이죠."

"오장환 회장이라면 충분히 그러고도 남을 인간이긴 하죠. 하지만 오장환 회장이 그런 인간임을 알고도 성공에 눈이 멀어서 오장환 회장을 따랐던 양기택 비서실장입니다. 안 된 일이나 우리가 관여할 일은 아닙니다. 그리고 양기택도 보복을 감수하고 벌인 일일 테니까요."

석기의 표정이 어두웠다.

오장환은 뒤통수를 친 양기택을 절대 용서할 리 없었다.

석기의 어두운 표정에 얼른 서경훈이 분위기를 환기 시키듯이 나왔다.

"그런 점에서 저희 유토피아에 속한 직원들은 행복한 셈입니다. 직원들을 진심으로 위해주시는 대표님처럼 훌륭한 분과 함께 일을 할 수 있으니 말이죠."

"저야말로 서 팀장님처럼 좋은 분과 함께 일을 할 수 있어 행복하게 생각합니다."

날이 어두워지기 시작했다.

석기는 서연정과 청담동 한식집에서 저녁 식사를 함께 하게 되었다. 서연정 입에서도 양기택이 거론되었다.

"오 회장의 측근인 양 실장이 검찰에서 댓글 알바를 사주한 인물을 바로 오 회장이라고 진술했다면서요?"

"그렇다고 들었습니다."

"내 언젠가 이런 일이 벌어질 줄 알았어요. 이건 모두 인과응보라고 생각해요. 직원들을 소모품처럼 여기니 누가 오 회장을 위해 진심으로 충성을 다하겠어요? 안 그래요, 신 대표님?"

"맞습니다!"

석기가 웃는 얼굴로 맞장구를 쳐주었다.

서연정은 오장환이 양기택에게 뒤통수를 맞은 것을 아주 쌤통이라고 생각하는 눈치였다. 이번 악플 소동에 갤로리아에 관해서도 여러 가지 안 좋은 내용들이 올라와 속으로 이를 갈고 있었을 테니 말이다.

"하지만 워낙 꼼수를 부리는 짓을 잘하는 인간이니 끝까지 지켜봐야 할 거예요. 아무리 양 실장이 증거 자료를 검찰에 넘겼다고 해도 어떤 수를 써서라도 법망을 빠져나가고자 할 것이 뻔해요."

"오 회장이라면 얼마든지 그러고도 남겠죠. 증거 자료를 들이밀어도 오리발을 내밀 사람이니까요. 아니면 인맥과 재력을 이용해서 이번 소동도 무마하고자 나오겠죠."

"이건 참고하시라고 드리는 말인데요. 명성에서 알지 핸드폰 광고에 잔뜩 심혈을 기울이고 있다고 하더군요. 이번 소동으로 양 실장에게 뒤통수를 맞은 보복의 화살이, 어쩌면 신 대표님에게로 향할 수도 있을 거예요. 핸드폰 광고를 위해 H사의 신상 가방을 130억이나 들여서 입수했다는 소문도 있고요. 그러니 긴장을 늦추지 말았으면 좋겠어요."

"조언 감사합니다. 앞으로도 꾸준히 저희 유토피아를 응원해 주시길 부탁드립니다."

겸손한 석기의 태도에 서연정이 기쁜 기색으로 응대했다.

"호호호! 물론이죠! 유토피아의 성공은 곧 저희 갤로리아와도 밀접한 영향이 있으니 열심히 응원하는 것은 당연한 일이죠. 그건 그렇고 신 대표님! 유토피아 립스틱! 언제 우리 갤로리아에 풀리는 거죠?"

"다음 주부터 입고될 겁니다."

"다음 주요? 그럼 상하이 갤로리아에도 입고가 가능할까요? 그쪽도 지금 완전 아우성이거든요. 악플 소동이 오히려 노이즈 마케팅으로 작용해서 유토피아 립스틱에 대한 국내와 중국에서 뜨거운 관심을 보이고 있거든요."

"상하이 쪽도 다음 주에 립스틱을 입고할 수 있도록 해 보죠."

"그렇게만 해주시면 저야 정말 감사하죠. 립스틱 가격은 앞서 유토피아 제품들처럼 두 배로 판매하면 되겠죠?"

"네. 그게 좋겠습니다."

"신 대표님! 제가 작년에 했던 일들 중에서 가장 잘한 것이 뭔지 아세요?"

"글쎄요?"

"신 대표님 편에 선 거요. 역시 신 대표님의 운빨이 최고예요! 어떤 역경이 닥쳐도 반드시 뚫어 버리니까요. 호호호!"

서연정이 엄지를 척 들어 보였다.

어쩌면 그녀의 인생에 있어서 석기를 만난 것은 최고의 행운이 아닐 수 없었다.

석기를 만난 이후로 사업도 승승장구하고, 거기에 유토피아 제품으로 인해 명품 백화점의 입지까지 탄탄하게 구축할 수 있게 되었다.

"그리고 이번 악플 소동으로 인해 일본에 갤로리아 오픈 일정이 보다 앞당겨지게 되었어요. 일본에서 오픈할 갤로리아에도 유토피아 제품을 입점해 주신다면 최고로 좋은 위치에 유토피아 매장을 선점할 수 있도록 해 드리겠습니다."

"좋습니다. 일본의 갤로리아에도 저희 유토피아 제품을 입점하죠."

"호호! 그런 의미에서 우리 건배 한번 할까요?"

"하하! 그러죠."

기분 좋은 저녁 식사였다.

악플 소동.

오장환이 들으면 속이 뒤집히겠지만.

그것이 오히려 석기의 사업을 도와주는 역할로 작용했다.

✻

명성미디어 회의실.

검찰에 출두한 양기택이 유토피아를 저격하기 위해 고용한 댓글 알바들이 오장환의 지시로 비롯된 일이라고 진술하는 바람에 회사의 분위기가 어수선했다.

명성미디어는 이번 악플 소동의 여파로 주가가 크게 하락했을뿐더러, 대중의 신뢰마저 잃게 되었다.

그러다 보니 명성미디어 측에선 대책 마련이 시급했다.

오장환은 아직 병원에 입원 중인 상황이라, 회장 다음 직급인 주정일 사장이 총대를 메고 긴급회의를 소집했다. 임원들과 법무팀이 죄다 회의실에 참석했다.

"양 실장이 그렇게 나올 줄은 미처 몰랐네! 아무리 회장님께서 그런 지시를 내리셨다고 할지라도 양 실장이 혼자서 책임을 졌다면 일이 이렇게 커지지는 않았을 걸세!"

"맞는 말이야! 양 실장이 과잉 충성심으로 처리해야 마땅한 일을 너무 키웠어!"

"만일 회장님께서 입원 중인 상황만 아니었다면 양 실장그놈은 아주 요절을 내 버리셨을 걸세!"

"빨리 회장님이 회사에 나오시는 것이 답일세! 당최 시끄러워서 못 살겠어!"

"이거 주가가 잔뜩 떨어져서 팔아야 할 지 고민되는군."

회의를 하고자 불러 모은 임원들이 대책 마련은 고사하고 제각각 불평불만을 토로하고 있는 분위기에, 그만 상석에 자리한 주정일 사장은 보다 못해 테이블을 '쾅!' 하고 내려쳤다.

"허어!"

"흠흠!"

신나게 떠들던 임원들이 사장 주정일을 의식한 듯 입을 다물자, 그제야 실내가 조용해졌다.

'임원들은 나를 여전히 허깨비로 보고 있음이야!'

주정일이 속으로 이를 갈았다.

임원들은 주정일이 주관한 회의에 참석한 상황임에도 그를 무시하는 태도를 보인 것이다.

명성금융의 총수 주현문과 친척 관계인 주정일이다.

주정일이 명성미디어의 사장을 맡게 된 것은 명성금융의 총수이자 오장환의 장인인 주현문의 지시로, 오장환을 견제하려는 의도였다.

하지만 명성미디어에서 워낙 오장환의 파워가 강하다 보니 임원들에게는 주정일은 그저 종이호랑이에 불과한 존재처럼 치부되었다.

'그동안 오 회장에 의해 회사의 분위기가 좌우되었지만, 지금이 바로 명성미디어를 바로잡을 때다!'

주정일은 오장환의 경영 방법이 마음에 들지 않았다.

유독 유토피아를 의식하여 과도한 경쟁을 벌이다가 쓸데없는 지출을 발생시켜 회사에 막대한 피해를 입게 만들었다.

특히 알지 핸드폰 광고.

아무리 광고를 잘 찍기 위해서라고 하지만 명품 가방 하나에 130억이나 들여 사들인 오장환의 처사는 욕이 튀어나올 정도였다.

게다가 그것만이면 말을 안 한다.

다른 명품 가방들을 사들이는데 들어간 돈까지 합치면 300억이 넘어가는 액수였다.

더욱 주정일을 열 받게 만든 것.

그렇게 돈을 잔뜩 들여 사들인 명품 가방들을 나중에 핸드폰 광고를 찍을 때 불에 태워 버리는 신에 사용된다는 말에 그는 그만 뒷목을 잡고 말았다.

돈을 벌어들이는 안목도 이제 사라진 모양이다.

유토피아와 얽힌 후로는 제정신을 차리지 못하고 있다.

이런 식이면 조만간 명성미디어는 망할 것이다.

국내의 저명한 경제학 교수들이 오장환에 내린 평가는 그야말로 최악이었다.

거기에 더욱 큰 문제.

오장환의 측근으로 근무했던 비서실장이 연달아 두 명이나 목숨을 잃었다는 사실이다.

주정일은 비서실장들의 죽음에 오장환이 관여되었을 것이라 여겼지만 심증은 있어도 물증이 없는 상태라 지켜보고 있었다.

그런데 이번 악플 소동에 비서실장 양기택이 거론되자 주정일은 이대로 가다간 명성미디어의 앞날이 우려되었기에 명성금융 총수 주현문을 만났다.

그 결과 명성미디어 사업을 밀어주었던 총수 주현문도 더는 오장환을 신뢰할 수 없다는 것으로 결론짓게 되었기에, 회의를 소집한 주정일이 총대를 메기로 작정했다.

마침 오장환이 병원에 입원 중이라는 점에, 오장환을 끌어내리기 좋은 기회라고 생각했다.

"안 팀장님! 이번 일은 법대로 처리하세요!"

어차피 회의를 진행해 봤자 그럴듯한 대책이 나올 리도 없었다.

오장환이 뽑은 임원들이다.

정공법보다 꼼수와 음모를 선호하는 이들이다.

그랬기에 주정일은 임원들을 무시하듯이 그들의 의견을 일절 참고하지 않고, 법무팀장인 안형진에게 직접 지시를 내렸다.

"법대로 처리하게 된다면 양기택 비서실장이 진술한 내용을 인정하겠다는 의미입니다. 그렇게 되면 오장환 회장님이 구속될 수도 있습니다. 그래도 괜찮겠습니까?"

"오장환 회장님이 죄를 지었으면 벌을 받는 것이 당연하지 않습니까? 이번 일은 총수님께서도 관심 있게 지켜보고 있으니, 법대로 처리하는 것이 좋을 겁니다."

"총수님께서……."

안형진이 놀란 눈으로 주정일을 쳐다봤다.

명성미디어의 회장인 오장환이 이번 사건에 연루되었기에 그를 구하고자 열린 회의라고 생각했기에.

그리고 그건 임원들도 마찬가지의 마음이었기에 회의실이 크게 술렁거렸다.

"뭐, 뭐라고? 총수님께서 오 회장을 내치겠다는 소리 인가?"

"허어! 그래도 설마 사위인데 그렇게 하실까?"

"하긴 오 회장의 사업방식이 예전과는 달라지긴 했어. 특히 유토피아와 경쟁만 했다면 매번 물만 먹고 있으니 원."

"근데 오 회장이 순순히 회장 자리에서 내려오려 할까?"

그러자 술렁거리는 임원들의 분위기에 주정일이 분위기를 환기시키듯이 목에 힘을 주었다.

"다들 조용히 하십시오! 명성미디어 법무팀에선 오장환 회장님을 구명하는 일에 나서는 일은 없을 것이니 여러분도 그렇게 아세요! 만일 불복하시겠다면 명성금융에서 앞으로 명성미디어의 자금줄을 끊어 버리겠다고 하셨습니다!"

"뭐, 뭐라고 자금줄을?"

"헉! 정말로 오 회장을 내치겠다는 거군."

"그럼 다음 회장은 누가 차지하는……."

그렇게 임원들이 술렁거리던 바로 그때.

콰당!

거칠게 회의실 문이 열렸다.

난데없는 상황에 회의실에 자리한 모두가 일제히 문 쪽으로 고개를 돌리게 되었다.

탈탈탈탈!

휠체어가 등장했다.

거기에 앉아 있는 인물은 바로 명성미디어 회장 오장환이었다.

이를 확인하자마자 회의실에 자리했던 임원들은 의자에서 벌떡 벌떡 일어섰다.

"회, 회장님이시다!"

"오장환 회장님 안색이?"

"허어! 꾀병이 아니라 정말 많이 아프셨던 모양인데요?"

그동안 오장환의 상태가 너무 심각했기에 병원에서 회사 사람들의 병문안을 금지시킨 상황이었다.

그랬기에 환자복 대신에 평상복을 걸치긴 했지만 며칠 사이에 중환자처럼 팍삭 늙어 버린 초췌한 오장환의 분위기에 임원들은 경악을 금치 못했다.

또각또각!

그때 또 다른 인물이 등장했다.

하이힐 소리를 배경으로 휠체어를 밀어주었던 도우미가
옆으로 물러서자, 안으로 여자 하나가 들어왔다.

오장환의 딸 오세라.

명품 밍크 코트에 새빨간 원피스.

늘씬한 자태에 예쁜 아가씨의 외모이긴 했다.

'오호! 오세라 아가씨다!'

'국내엔 언제 들어온 거지?'

'역시 미모 하나는 끝내주네!'

'성격은 지랄맞지만 외모는 여신이지!'

참고로 오세라는 작년에 뒤집힌 얼굴 피부를 치료하고자
미국으로 떠났는데, 치료가 끝난 후에도 그녀는 그동안 국내
에 들어오지 않고 계속 미국에 남아 있었다.

그런 오세라를 놓고 임원들 사이에선 그녀가 국내에 들어
오지 않는 이유에 대해 여러 가지 소문들로 무성했다.

오세라를 그나마 좋게 보고 있던 이들은 그녀가 회사를 물
려받기 위해 미국에서 경영 수업을 받고 있다고도 했고.

그녀를 삐딱하게 보는 이들은 그녀가 미국에서 연애질을
하느라 국내에 들어오지 않고 있다고도 했다.

우뚝!

그렇게 회의실 안으로 들어선 오세라.

일부러 의도한 것인지 주정일 사장 앞에 멈춰 섰다.

'오세라가 오 회장을 데려오다니.'

주정일은 크게 당황했다.

미국에 있던 오세라가 한국에 돌아온 것도 놀라운 일이건 만, 병원에 입원 중인 오장환을 데리고 회의실에 쳐들어올 것이라곤 더욱 예상치 못했던 일이었기에.

'젠장, 오 회장을 끌어내리기 딱 좋은 기회였는데!'

명성미디어 회장 오장환이 이렇게 회의실에 나타났으니 주정일이 의도한 대로 흘러가지 못할 수도 있었다. 주먹을 꽉 거머쥔 주정일이 자리에서 일어나 오장환을 향해 깍듯이 예를 취해 보였다.

"회장님, 건강이 많이 안 좋아 보이십니다. 그래도 이렇게 휠체어를 타고 움직이시다니 여간 다행스러운 일이 아닐 수 없습니다."

주정일의 가증스러운 인사에 오장한이 아직 몸이 온전한 상태가 아니었기에 호통을 치지는 못하겠고, 그렇다고 분한 마음을 참을 수 없다 보니 전신을 부들부들 떨어 댔다.

"으으윽! 저, 정일이 네놈이⋯⋯!"

오장환은 아까 오세라와 함께 문밖에서 사장 주정일이 법 대로 처리하겠다는 말을 들었다.

그것은 곧 오장환을 회장 자리에서 끌어내리겠다는 의미

나 다름없는 말이었다.

오장환은 주정일을 싫어했다.

명성금융 총수 주현문이 오장환을 감시하려는 의도로 명성미디어에 보낸 것임을 알고 있기에.

그랬는데 결국 이런 사달이 벌어졌다. 그가 병원에 입원한 틈을 타서 말이다.

정말 죽는 줄로만 알았다.

태어나서 이제까지 그런 고통은 처음 겪어 봤다.

그랬는데 미국에 있던 딸 오세라가 아비의 소식을 들었는지 한국에 들어오게 되었고, 마침 주정일 곁에 심어 놓은 비서가 긴급회의를 소집한다는 것을 알려 주어 부랴부랴 휠체어를 타고 이곳에 도착하게 된 것이다.

역시 오장환이 눈엣가시처럼 여겼던 주정일답게, 오장환을 칠 기회라고 생각했는지 그를 구명하는 방법을 찾는 대신 법대로 처리하겠다고 나왔다.

"주 사장님! 누구 마음대로 법대로 처리한다는 거죠? 아빠가 병원에 입원 중인 상태라는 것을 뻔히 알면서도 그딴 말이 나와요?"

오세라의 앙칼진 힐난에 주정일은 분하다는 기색으로 입술을 꽉 깨물었다.

조금 전에 임원들을 상대로 오장환을 법대로 처리하겠다고 선포했지만 부녀의 등장으로 그것이 깨지게 생긴 것이다.

"세라 아가씨께서 서운하게 생각하는 마음 충분히 이해합니다! 하지만 이번 일은 총수님의 허락이 떨어진 일입니다!"

"외할아버지가 아빠를 법대로 처리하라고 하셨다고요?"

"그렇습니다. 그러니 세라 아가씨도 이번 일에 관여하지 않는 것이 좋을 겁니다!"

"제가 관여를 하겠다면 어쩌실 거죠?"

"뭐, 뭐라고요?"

"제가 말해 주는 것보다는 직접 듣는 편이 좋겠네요. 자! 받아 봐요."

오세라가 핸드폰을 주정일에게 건넸다.

주정일이 영문을 모르겠단 눈빛으로 오세라를 가만히 쳐다봤다.

"뭐 하세요? 얼른 받아 보세요. 외할아버지세요."

"……총수님께서?"

주정일이 얼른 핸드폰을 귀로 가져갔다.

익숙한 음성이 들렸다.

-주 사장, 날세. 자네와 나눴던 얘기는 없던 거로 하세.

"그럼 오 회장님은?"

-그놈은 일선에서 물러나기로 했네. 그러니 법대로 처리할 필요까지는 없네. 몸도 좋지 않은 모양이니 당분간 요양이 필요할 거야.

"다음 회장은 누가 되는 겁니까?"

-외손녀 세라가 한국에 들어왔지 않는가?

"설마 세라 아가씨에게 명성미디어를 맡기실 생각이십니까?"

-그렇다네. 아직 부족한 것이 많은 아이이니 자네가 곁에서 세라를 잘 보필하도록 하게.

통화가 끝난 주정일이 움켜쥔 주먹을 부르르 떨어 댔다.

명성금융 총수 주현문.

어제 저녁에 오장환에 대해 나눴던 얘기가 전면 백지화된 것이다. 게다가 오장환의 딸 오세라가 명성미디어 회장 자리를 차지하게 생겼다.

"주 사장님! 외할아버지가 하신 말씀 잘 들었죠?"

명성금융 총수 주현문의 말은 주정일에겐 법이나 다름없었다.

불만스러웠지만 기회가 사라진 지금은 한발 물러설 때였다.

"명성미디어 회장님이 되신 것을 축하드립니다!"

"세라 아가씨! 축하드립니다!"

오세라를 향해 고개를 숙인 주정일의 모습에 임원들도 덩달아 고개를 숙였다.

유토피아 대표실.

집무 테이블에 앉아 생각에 잠긴 석기.

'드디어 오세라가 한국에 들어왔다 이거지?'

명성미디어 회장 오장환의 딸인 오세라.

그녀에 대한 소식을 석기도 들었다.

'게다가 명성미디어 회장 자리를 오세라가 차지하게 되었다고?'

오세라가 명성미디어 회장 자리를 차지했다는 것은 오장환이 회장 자리에서 물러났다는 의미였다.

'탐욕이 강한 그 늙은이가 순순히 회장 자리에서 물러났을 리는 없을 테고. 혹시 이번 일로 기력도 크게 쇄하고 신체도 정상대로 돌아오지 못한 것 때문인 걸까.'

석기는 유토피아를 저격하고자 댓글 알바들을 사주했던 오장환을 용서할 수 없었기에 악플러들이 겪었던 것과 똑같은 고통을 오장환도 겪도록 만들었다.

게다가 오장환은 악플러들과는 달리 자백할 수 없는 상황이기에 고통을 느끼는 시간도 길었고, 거기에 노인의 육신이라는 점에 더욱 치명적이었을 것이다.

그로 인하여 오장환은 아직도 병원 신세를 지고 있었고, 온전히 회복되지 못한 신체로 휠체어 신세를 지고 있었다.

'아무리 그래도 그렇지 오장환이 일선에서 그리 쉽게 물러난다는 것은 뭔가 납득이 되지 않아. 아무래도 오장환이 그리 된 것에 명성금융 총수 주현문의 입김이 작용했다는 의미

일 수도 있겠군.'

오장환에게 명성미디어를 설립하는 데 커다란 도움을 주었던 명성금융 총수 주현문이다.

주현문은 오장환의 장인이기 이전에 피도 눈물도 없는 사업가라는 점이다.

사실 주현문은 오장환이 예뻐서 명성미디어를 설립하도록 도와준 것이 아니다.

딸과 별거 중인 오장환을 괘씸하게 여기고 있었지만 외손녀 오세라의 간곡한 당부로 주현문도 어쩔 수 없이 오장환을 도와준 셈이다.

그랬는데 오장환이 번번이 유토피아와 엮여서 물을 먹는 분위기에 주현문도 더는 이대로 방관할 수 없다는 심정에 칼을 잡은 것이 분명했다.

물론 주현문이 오장환을 회장 자리에서 물러나게 만들 결심을 굳힌 계기에는, 석기로 인하여 심하게 망가진 오장환의 육신 상태도 한몫을 했을 것이라 생각한다.

아무리 오장환이 나이에 비해 강건한 육신을 갖고 있다 해도 이번의 일로 입에 재갈을 물리고 사지를 결박당할 정도로 고통을 받다 보니 노구가 크게 손상되었을 것은 두말할 필요조차 없었다.

주현문은 오장환이 힘을 잃은 지금이 바로 정리할 타이밍이라고 여겼을 터.

오장환을 끌어내리기 위해서 회장 자리에서 내려오지 않는다면 명성미디어 자금줄을 말라 버리게 만들겠다는 협박을 가했을 수도 있다.

국내에서 현금부자로 통하던 명성금융 총수 주현문이라면 얼마든지 협박을 실화로 만들 수 있는 인물이란 점이다. 장인의 그런 성정을 누구보다 사위인 오장환은 익히 알고 있을 테니 뜻을 거스를 수 없었을 것이다.

'어쩌면 지금 타이밍에 오세라가 한국으로 돌아온 것도 주현문의 뜻일 수도 있겠군.'

주현문 입장도 이해는 되었다.

앞서 사업을 한번 크게 말아 먹은 사위 오장환에게 명성미디어를 차려 준 것은 나름 기회를 준 것이나 마찬가지인데, 오장환이 자꾸만 사회적 물의를 일으키는 일을 저질러 명성미디어 주가를 떨어트리고 있으니 분통이 터졌을 것이다.

주현문의 본래 속셈은 명성미디어를 오장환이 적당히 키우다가 외손녀인 오세라에게 물려주는 그림을 그리고 있었을 테니 말이다.

그러다 보니 이번 악플 소동에 주현문은 차라리 잘 되었다고 생각하여 오장환을 끌어내리기에 좋은 기회로 여겼을 것이다.

'주현문이 뒤집힌 얼굴 피부를 치료하고자 미국으로 떠난 오세라에게 억지로 단기 속성이나마 경영 수업을 받도록 했

던 것도 결국은 그런 속셈의 일환이었을 테고.'

사실 석기는 유토피아 정보팀을 통해 오세라가 미국에서 경영 수업을 받고 있다는 것을 눈치채고 있었지만 대수롭지 않게 생각했다.

사업에 관심이 없는 그녀다.

회귀 전에도 얼굴이 반반한 연예인들을 데리고 노는 것에만 치중했으니 말이다.

사람은 쉽게 바뀌지 않는다.

돈을 물 쓰듯이 낭비하는 재능은 타고 나도, 버는 것에는 전혀 관심이 없는 그녀가 명성미디어 회장 자리를 차지한 것은 개 발에 편자나 진배없다.

물론 주현문 입장에선 석기와는 달리 사랑하는 외손녀 오세라에게 기대를 갖고 있을 수도 있을 터.

'그나마 오장환도 딸이 회사를 물려받게 된다고 생각하니 주현문의 명을 고분고분 따르게 되었을 터. 만일 오세라가 아닌 주정일 사장에게 회장 자리를 빼앗겨야 했다면 아무리 주현문이 자금줄을 끊어 버리겠다고 협박해도 쉽게 승복하지 않았겠지만.'

석기는 오세라를 떠올리자 회귀 전에 안 좋게 엮었던 일로 분노가 울컥 치밀어 올랐다.

결코 잊을 수 없는 기억들.

장인인 오장환과 아내인 오세라의 배신으로 야산에 파묻

혀 죽었던 그 기억을 어찌 잊을 수 있겠는가.

만일 석기가 흙수저가 아닌, 빵빵한 금수저 신분이었다면 결코 그를 그런 식으로 함부로 대하지 않았을 것이다.

모든 것은 재력이 이유였다.

재력이 없다는 것에 석기를 버러지처럼 여겼을 테니 함부로 죽여도 된다고 생각했을 것이다.

하지만 이제는 판이 달라졌다.

야산에 파묻혀 죽었던 석기는 소설 속에서나 가능한 회귀라는 것을 하게 되었고, 거기에 신비로운 블루문까지 흡수한 상태였다.

블루문으로 비롯된 성수를 이용한 사업으로 석기는 세상의 부를 갈퀴로 쓸어 담을 작정이다.

유토피아에서 만든 제품들.

힐링센터를 통한 소중한 인맥.

그것을 잘만 이용한다면 세계적인 부자가 되는 것도 그리 어려운 일은 아닐 것이라 믿었다.

'오세라! 비열한 오장환의 피를 물려받은 인물이니 그녀 또한 나의 사업에 해를 가하고자 달려들 것이 뻔하다.'

오장환 대신 명성미디어 회장 자리를 차지한 오세라.

하지만 걱정은 없었다.

석기에겐 블루문이 있었다.

석기의 사업에 해를 가하려던 오장환이 초라한 뒷방 늙은

이로 전락한 것처럼, 오세라 또한 허튼수작을 부린다면 그에 상응하는 대가를 치르도록 해 주면 그만이다.

게다가 오세라는 오장환과 달리 사업을 해 본 경험이 없다는 것도 석기에게 유리하게 작용할 터.

당장은 임원들이 명성금융 총수 주현문의 눈치를 보느라 새롭게 회장이 된 오세라를 인정하고 있는 것처럼 행동해도 속내는 시커먼 구렁이들이 꿈틀거리고 있을 것이다.

'오장환을 쓸모없는 허깨비로 만들어 버렸으니 이제 다음 차례는 오세라다!'

❆

명성미디어 비서실장 양기택.

검찰에 출두하여 오장환을 댓글 알바를 사주한 인물로 진술했던 양기택은 그가 거주하는 오피스텔로 돌아오게 되었다. 거주지가 분명하고 도주의 위험이 없다는 것에 일단 구속은 면했다.

웅웅!

핸드폰이 진동음을 토해 냈다.

명성미디어 법무팀 직원에게서 걸려 온 전화였다.

그나마 양기택에게 호의적인 마음을 갖고 있는 인물이다.

안 그래도 회사의 돌아가는 사정이 궁금했던 터였기에 양기택이 반색하여 전화를 받았다.

"뭐라고? 오 회장님이 회장 자리에서 물러나고 세라 아가씨가 회장이 되었다고?"

─그것 때문에 지금 회사 분위기가 말이 아닙니다.

"설마…… 내가 한 진술로 일이 그렇게 된 건가?"

─양 실장님 진술로 오 회장님의 입장이 난처해지긴 했지만…… 그것보단 명성금융 총수님이 오 회장님을 더는 신뢰할 수 없다고 판단한 것이 문제가 아닐까 싶습니다.

양기택은 오장환이 명성금융 총수에게서 신뢰를 잃었다는 말을 듣자, 어쩌면 이번 사건이 쉽게 풀릴 수 있을 것이라는 기대감을 갖게 되었다.

"그렇다면 이번 악플 소동은 오 회장님이 책임을 지는 것으로 처리가 될 수도 있겠군."

─실은 그것 때문에 제가 양 실장님께 이렇게 급히 연락을 드린 겁니다. 예전에 양 실장님께 도움을 받은 일도 있고 해서 말이죠.

법무팀 직원의 말에 꺼림칙함을 느낀 양기택의 눈빛이 불안하게 흔들렸다.

"그게 무슨 말이지?"

─양 실장님껜 안된 일이나 오장환 회장님은 이번 일에서 빠지게 될 겁니다.

"그, 그게 무슨 소리야? 증거 자료도 명확한데 이번 일에서 빠지다니?"

　─아까 법무팀장님이 통화를 나누는 내용을 살짝 들었는데요. 양 실장님이 과잉 충성심에 독박을 쓰는 것으로 분위기를 몰 모양입니다.

　"내, 내게 모든 것을 뒤집어씌우겠다고?"

　─그동안 이런 일 생기면 으레 처리하던 방식 아닙니까? 그러니 양 실장님도 독박을 쓸 바에는 돈이든 뭐든 확실하게 요구해서 하나라도 건지세요.

　"그럴 리가 없어! 증거 자료를 검찰에 넘겼는데 나를 제물로 삼겠다니, 어림도 없네!

　─양 실장님 억울한 심정 충분히 이해는 합니다. 하지만 아무리 증거 자료가 있다고 해도 이쪽에서 재력과 인맥을 이용해서 찍어 누르면 답이 없다는 거 잘 아시지 않습니까?

　"하아! 빌어먹을!"

　─어차피 당할 바에는 외국에 나가 있는 사모님과 애들을 생각해서 돈이라도 왕창 뜯어내기라도 하세요. 그러라고 연락 드렸어요.

　양기택은 법무팀 직원과 통화가 끝나자 너무 분한 나머지 주먹으로 벽을 여러 차례 쿵쿵 내려치며 울분을 표현했다.

　손등이 까져 피가 줄줄 흘렀지만 격해진 감정 탓에 아프다는 생각도 들지 않았다.

　'이익! 증거 자료를 믿은 내가 바보였지. 결국은 혼자 독박

을 쓰게 되었어!'

양기택으로선 혼자 당하기 싫었기에 오장환을 끌어들인 거였는데 결국은 아무리 명백한 증거가 있다 해도 재력 앞에 선 무용지물이라는 것을 깨닫게 되었다.

그렇게 바닥에 주저앉아 억울한 눈물을 흘리던 찰나.

딩동딩동!

밖에서 인터폰이 울려 퍼졌다.

누가 찾아왔는지 모르나 계속 시끄럽게 울려 퍼지는 인터폰 소리에 화가 난 양기택이 현관으로 성큼성큼 걸어가 문을 열었다.

"안에 계셨군요. 계속 인터폰을 해도 반응이 없기에 그냥 가려던 참이었는데요."

오장환의 딸 오세라.

그녀가 양기택을 찾아온 것이다.

"세라…… 아가씨!"

오세라가 자신의 오피스텔을 찾아온 것에 양기택은 멍하니 그녀 얼굴을 쳐다봤다.

오장환 대신에 명성미디어 회장이 된 오세라.

그녀가 왜 자신을 찾아온 건지 혼란스러웠다.

"할 말이 있어서 찾아왔어요. 안에 들어가서 얘기를 하는 것이 좋겠네요."

"드, 들어오세요."

오세라는 대동한 경호원 두 명을 문밖에 대기토록 한 후에 양기택을 따라 실내로 들어섰다.

"나에 대한 소문 들었을 거라 생각해요."

"네에, 들었습니다. 명성미디어 회장님이 되셨다면서요."

"맞아요. 아빠를 대신하여 제가 명성미디어를 맡게 되었어요. 단도직입적으로 말할게요. 회사를 위해 이번 사건을 양 실장님 혼자 과잉 충성심에서 저지른 것으로 해 주세요. 그렇게 해 준다면 외국에 나가 있는 부인과 애들이 평생 돈 걱정 없이 지낼 수 있도록 해 드릴게요. 그리고 나중에 형을 살고 나온다면 회사로 복귀할 수 있도록 약속드리겠어요."

결국 양기택은 오세라의 말을 받아들이는 수밖에 없었다.

그렇게 오세라는 볼일이 끝나자 경호원을 데리고 양기택 오피스텔을 빠져나왔다. 전화보단 직접 양기택 얼굴을 보고 회유하자는 것이 통했다.

그런데 흡족한 표정으로 오세라가 오피스텔 로비로 내려온 순간.

'하아! 저놈은?'

마침 로비 안으로 젊은 사내가 걸어오고 있었는데, 그녀가 알고 있는 인물이었다.

남자의 외모를 상당히 밝히는 그녀였기에 최상급 비주얼인 사내의 외모에 그만 심장이 쿵쾅거렸다.

'그사이에 더 멋져졌어!'

젊은 사내는 바로 석기였다.

석기도 오피스텔 로비에서 오세라와 마주친 것에 그만 걸음을 멈추었다.

'오세라가 여긴 왜?'

명성미디어 회장이 된 오세라.

그녀가 설마 석기를 찾아왔을 리는 없을 테고, 승강기를 타고 내려온 것으로 봐선 누군가를 만나고자 이곳을 방문한 것이 분명했다.

"여기 사나 보네?"

오세라가 먼저 석기에게 아는 척 말을 걸었다.

명품으로 휘감은 그녀의 럭셔리한 분위기를 슬쩍 훑어보며 석기가 대꾸를 흘렸다.

"맞아. 근데 그쪽은? 귀하게 자란 부잣집 공주가 이런 서민 오피스텔에서 살 리는 없을 텐데."

오세라가 오피스텔을 방문한 이유.

석기를 찾아왔을 리는 없다.

석기가 목적이었다면 마주친 순간 그리 당황할 이유가 없었다.

그녀의 속마음을 통해 이곳을 찾아온 이유를 알아낼 생각이다.

"누군가 이곳에 사는 사람이 있나 보군. 혹시 회사 직원?"

한 가지 짚이는 구석이 있긴 했다.

한국에 귀국한 지 얼마 되지 않는 오세라다.

거기에 명성미디어 회장이 되기까지 했다.

그런 그녀가 이곳을 찾아왔다는 것은 부친 오장환과 뭔가 연관이 있는 일이거나 회사에 관한 문제일 터.

[혹시 이놈이 내가 양 실장을 만나러 온 것을 눈치챈 건가?]

역시 오세라 속마음이 들렸다.

양 실장이라면 명성미디어 비서실장 양기택이 분명했다.

'양 실장이 이곳에 살고 있나?'

순간 석기의 의문에 블루의 음성이 들려왔다.

　–마스터! 명성미디어 양기택 비서실장은 보름 전에 이곳 오피스텔 5층으로 이사 온 상태입니다. 처와 아이들이 외국으로 떠나자 혼자 살고 있던 강남의 아파트를 처분하고 오피스텔로 들어온 것으로 파악됩니다.

블루를 통해 양기택 정보를 입수했다.

보름이라면 이사를 온 지 얼마 되지 않았다.

양기택 오피스텔이 5층이라면 석기 오피스텔보다 한참 아래층이다. 그래서 서로 마주치지 못한 걸 수도 있다.

하지만 오세라는 석기가 그녀의 속마음을 들을 수 있는 것

과 블루가 알려진 정보를 까맣게 모르고 있었기에 석기에게
둘러대듯이 나왔다.

"내가 이곳에 누구를 만나러 오든, 그건 그쪽이 상관할 일
은 아닐 텐데?"

석기를 대하는 오세라 눈빛.

사람을 잡아먹을 기세처럼 표독스럽기 그지없었다.

[비주얼만 놓고 따지면 내가 딱 선호하는 스타일이지만,
이놈에게 워낙 맺힌 구석이 많다보니 곱게 보이지가 않네.]

다시 이어진 오세라 속마음에 석기가 속으로 콧방귀를 끼
었다.

하긴 오세라와 석기.

이 두 사람은 첫 단추부터 틀어진 관계라 볼 수 있었다.

작년에 그녀는 석기가 명성 기업에서 평사원으로 지낼 당
시에 오장환의 비자금을 은닉할 제물로 선택된 석기를 유혹
하고자 곱게 치장하고 회사를 찾아왔다.

게다가 오세라는 석기의 관심을 끌려는 의도로 일부러 석
기 앞에서 넘어지는 행동까지 연출했지만 분하게도 씨알도
먹히지 않았다.

[넘어진 나를 일으켜주기는커녕 손도 대지 않고 나를 개

비장의 무기를 준비하다 163

무시하고 떠난 놈이야.]

남자들에게 공주로 대접받던 오세라로선 그때의 수모는 두고두고 흑역사로 남게 되었다.

그래서 복수를 다짐했다.

명성 기업 회장 딸이라는 지위를 이용하여 그녀는 평사원인 석기를 찍어 눌러 보겠다고 다짐했는데, 보란 듯이 석기가 회사에 사표를 내고 유토피아를 차려 버렸다.

[로또에 당첨된 돈으로 차린 회사라고 우습게 여겼는데 그곳에서 〈연예인〉 비누를 만들어 냈지.]

오세라에게 있어서 유토피아에서 만든 〈연예인〉 비누는 그녀의 속을 뒤집게 만드는 제품이 아닐 수 없었다.

작년에 명성에서 만든 화장품을 사용하고 얼굴 피부에 심한 트러블이 생겨 고생하게 되었다.

피부과 의사를 비롯하여 피부에 좋다는 온갖 약을 먹고 발라도 효과를 보지 못했다.

그러던 찰나 유토피아에서 만든 〈연예인〉 비누가 오세라처럼 뒤집힌 피부에 효과가 직빵이라는 소문을 듣게 되었다.

그때 당시 아직 세간에 출시되지는 않았지만 증정품으로 지인들에게 비누를 나눠 준다는 소식을 접한 오장환은 딸을 위해 회사 직원을 유토피아 대표인 석기에게 보냈다.

하지만 직원의 간곡한 부탁에도 석기는 결코 오세라를 위해 〈연예인〉 비누를 내주지 않았다.

[그래서 결국 얼굴 피부를 치료받고자 나는 미국으로 떠나는 수밖에 없었고.]

미국으로 떠나는 날 결심했다.

한국으로 돌아오게 된다면 석기의 사업체를 망하게 만들고 말리라 다짐했다.

다행히 미국에서 뒤집힌 얼굴 피부를 치료하여 정상으로 돌아올 수 있었고, 명성금융 총수인 외조부 주현문의 조언으로 취향에 맞지도 않는 경영 수업을 꾹 참으며 견뎌 냈다.

그랬는데 명성미디어 회장인 부친이 병원에 입원하는 상황이 벌어졌고, 이에 주현문은 지금이 기회라면서 외손녀인 그녀의 귀국을 재촉했다.

그래서 한국에 들어왔다.

그 결과 그녀는 명성미디어 회장 자리를 물려받게 되었다.

물론 그녀가 회장이 되었다는 공식적인 발표는 다음 달이지만, 하여간 명성미디어를 손에 넣게 되자 그녀는 석기에 대한 복수를 실현할 수 있다는 것에 꿈에 부풀었다.

하지만 명성에서 유토피아를 저격한 악플 소동으로 명성

미디어의 사정이 매우 좋지 못한 상태라는 것에 외조부 주현
문은 그것을 먼저 해결하기를 원했다.

오세라는 기꺼이 동의했다.

부친 오장환에 관한 일이었기에.

[그래서 양 실장이 과잉 충성심에 혼자 일을 저지른 것으
로 회유하고자 이렇게 이곳을 찾아왔는데. 여기서 신석기
이놈을 만나게 될 줄이야.]

잠시간 생각에 잠겼던 오세라.

그녀의 속마음을 모두 들은 석기의 눈빛이 매처럼 번쩍였
다.

"양 실장을 만나러 온 모양이군."

"그걸 어찌……."

석기의 입에서 양기택 이름이 거론되자 오세라는 크게 당
황했다. 그런 그녀를 몰아치듯이 석기의 입에서 다시 빈정거
림이 쏟아지기 시작했다.

"양기택 비서실장을 만나러 온 이유는 오장환 회장을 위해
서겠지. 양 실장보고 독박을 쓰라고 했나 보군. 재력가들이
흔히 쓰는 수법이긴 하지만 너무 식상하지 않나?"

"뭐, 뭐라고? 식상하다고?"

"정작 잘못은 오장환 회장이 저질러 놓고 책임은 아랫사람

이 지라고 하는 거, 너무 못된 심보 아냐?"

"이, 이번 일은 모두 유토피아 때문이야! 네놈이 중간에서 수작을 부린 것이 분명해! 네놈 때문에 우리 명성의 주가가 잔뜩 하락했다고!"

그녀의 말에 석기가 피식 웃었다.

정말 같잖지도 않았다.

"수작? 그거야말로 내가 할 말인데. 우리 유토피아를 저격하고자 악플러들을 사주한 오장환 회장이야. 그 잘못을 면피하고자 양 실장을 만나러 이곳에 온 그쪽이 수작질 중이지! 안 그래?"

"이이익!"

석기의 말에 더는 반론을 제기하지 못하고 분하다 듯이 씩씩거리며 노려보는 오세라의 태도였지만, 그런 그녀를 대하는 석기의 눈빛은 마치 얼음장처럼 차갑기 그지없다.

오세라는 결코 알 리가 없을 터.

그녀에 대한 원한이 뼛속까지 깊이 박힌 석기의 상태임을.

회귀 전에 두 사람은 부부였다.

하지만 아내와 장인의 배신으로 골프채에 얻어맞아 목숨을 잃었고 심지어 석기를 위해 사들인 야산에 허무하게 묻히기까지 했던 것이다.

"듣자 하니 오장환 회장의 건강 상태가 말이 아니라던데. 그래서 명성미디어가 운 좋게 그쪽 손에 들어가게 된 거겠지만. 사업 경험이 전혀 없는 그쪽이 혼자서 제대로 명성미디어를 운영할 수 있을까. 아니지, 명성미디어 뒤에 명성금융이 떡하니 버티고 있으니 그곳에서 뭔가 대책을 세워 주긴 하겠군.”

“하아!”

정곡을 찔린 탓에 할 말을 잃은 오세라의 얼굴이 붉어졌다.

역시 그녀는 석기의 상대가 되지 못했다.

회사 경영 경험도 짧은 뿐더러 감정을 절제하는 것도 부족했다.

하지만 바로 그때였다.

“세라 아가씨! 나오시지 않아서 모시러 왔습니다!”

중년사내가 주위로 다가왔다.

단정한 정장차림새에 은테 안경을 착용한 사내가 오세라를 향해 공손히 고개를 숙여 보였다.

명성금융의 총수 주현문.

총수가 측근으로 부리던 인물로 도혁수란 자였다.

항간엔 주현문이 움직이는 곳에는 항시 도혁수가 함께한다는 소문이 파다할 정도였다.

그랬는데 이곳에 도혁수가 등장했다는 건 총수 주현문이 회사를 경영해 본 경험이 없는 오세라를 위해 도혁수를 붙여 준 것이 분명했다.

"도 실장님! 그만 가요!"

오세라가 붉어진 얼굴로 석기를 지나쳐 빠르게 움직였다.

도혁수의 등장으로 한편으론 석기의 말을 인정한 셈이 되었기에 자존심이 상했던 탓이다.

사실 그녀가 양기택을 회유하고자 내건 약속들도 모두 도혁수의 머리에서 나온 내용이었다.

어떤 식으로 양기택을 회유하고 협박하면 통할지 도혁수가 사전에 조언해 준 덕분이었다.

"……!"

도혁수가 석기를 지그시 주시하다간 오세라를 따라 몸을 움직였다. 도혁수는 유토피아 대표인 석기를 이곳에서 발견한 것에 전혀 놀란 기색이 아니었다.

그렇다는 것은 석기가 이곳에 거주하고 있는 것을 이미 알고 있다는 의미일 수도 있다.

'어쩌면 오장환보다 더욱 골치 아픈 인물일 수도 있겠군.'

성격이 과격하고 다혈질 기질이 농후한 오장환은 한번 불이 붙으면 성질대로 움직이다 보니 빈틈이 종종 보였다.

그런 점에서 도혁수는 쉽게 부화뇌동하지 않는 냉정한 스타일이기에 상대하는 것이 쉽지 않을 터였다.

그랬기에 총수 주현문이 명성미디어 회장 자리를 차지한 오세라 곁에 도혁수를 붙여 준 것도 이해는 되었다.

하지만 다행스럽게도 오세라는 부친 오장환과 같은 부류

의 인간이란 점이었다.

빼앗고 싶은 것이 있다면 반드시 손에 넣고자 했고.

부숴 버리고 싶은 것이 있다면 반드시 부숴 버려야만 직성이 풀릴 족속들이었다.

유토피아를 저격했던 악플 소동.

그것도 결국은 그래서 벌어진 것임을.

유토피아 대표인 석기.

오장환이 석기를 찢어 죽이고 싶은 만큼, 오세라 역시 같은 마음일 것이 분명했기에.

'오세라가 나를 여기서 만난 것에 알지 핸드폰 광고에 더욱 열을 올리겠군.'

❋

유토피아 대표실.

법무팀장 서경훈이 석기를 찾아와 보고를 올렸다.

"검찰의 분위기가 이상하게 돌아가고 있습니다. 양기택 비서실장이 검찰에 제출했던 증거가 신뢰가 떨어진다는 이유로 증거에서 제외시킨다고 합니다."

"검찰의 누군가 명성과 손을 잡은 모양이로군요."

"그것도 그렇지만 양기택 비서실장이 오늘 검찰에 출두하여 진술을 번복했다고 합니다."

"뭐라고 번복을 했나요?"

"증거로 앞서 제출했던 대포 폰은 음성을 조작한 것이라고 실토했고, 사실은 과잉 충성심에 오장환 회장에게 잘 보이고자 댓글 알바들을 본인이 단독으로 사주한 일이라고 밝혔나 봅니다."

석기는 어제 오피스텔 로비에서 오세라와 명성금융 총수 주현문의 측근 도혁수를 만난 것에 대충 예상은 하고 있었다.

이번 악플 소동의 주범은 양기택이 제물이 되어 줄 것임을. 어차피 양기택이 오세라의 제안을 받아들인 이상 증거도 무용지물이 될 것이라 눈치채고 있었다.

"이렇게 되면 오장환 회장은 이번 사건에서 아무런 죄가 없는 것으로 처리될 겁니다."

서경훈은 분하다는 기색으로 주먹을 부르르 떨어 댔다.

유토피아를 해하려던 오장환에게 법의 심판을 받게 하려던 찰나에 일이 틀어진 것이다.

그것도 오장환을 끌어내리고자 앞장섰던 양기택이 갑자기 진술을 번복한 탓이다.

일의 정황을 모두 알고 있던 석기가 서경훈을 위로하듯이 나왔다.

"그래도 이번 악플 소동으로 오장환 회장이 명성미디어 회장 자리에서 물러나게 되었으니 그것으로 만족해야겠죠."

"하지만 새롭게 회장이 된 오장환의 여식 오세라 회장의 곁에 명성금융 총수 측근인 도혁수 실장이 붙었다는 소문입니다."

"도혁수 실장에 대해 잘 알고 계시나 보군요."

"워낙 대단한 인물이라 그런지 항간에 소문이 파다합니다. 사법고시를 패스하여 검사를 지낸 인물답게 법에 대한 지식도 빠삭할뿐더러, 미국에서 경영학 박사 학위를 땄을 정도로 경영에도 일가견이 있는 인물로도 알려졌습니다."

"그런 엄청난 존재가 오세라 회장 곁에 붙어 있게 되었으니 이거 긴장을 해야겠군요."

"하지만 아무리 대단한 존재라고 할지라도 저희 유토피아엔 대표님이 계시니까 안심입니다."

서경훈이 엄지를 척 들어 보였다.

유토피아에서 석기는 신과도 다름없었기에.

※

"회장님께서 오십니다!"

또각또각.

구두 소리가 회의실 복도에 울려 퍼지던 순간, 회의실 입구에 대기 중인 직원이 즉각 오세라의 등장을 전달했다.

벌떡! 벌떡!

이에 회의 테이블에 자리하고 있던 임원들이 일제히 앉았던 의자에서 일어나 입구 쪽을 눈치보듯이 힐끔거렸다.

드르륵!

열린 문으로 먼저 빨간색 정장을 걸친 오세라가 들어왔다.

구두까지 온통 빨간색으로 통일한 오세라의 분위기는 마치 붉은 장미꽃을 연상시킬 정도로 강렬했다.

그런 오세라와 두 걸음 정도 떨어진 뒤쪽으로 등장한 인물.

바로 도혁수였다.

실크톤 정장에 은테 안경을 착용한 도혁수.

명성금융의 직원들 사이에서 도혁수는 '빙마'로 일컬어질 정도로 잔혹하면서도 냉정하기로 유명했다.

'명성금융 주 총수가 사위인 오장환 회장을 팽하고 외손녀인 오세라를 회장 자리에 올린 것도 역시 믿는 구석이 있어서였어.'

'도혁수 실장이 명성 미디어에 들어온 이상 앞으로 여러 사람이 죽어 나가겠군.'

'피도 눈물도 없는 인간이라 단 한 번의 실수도 용납하지 않을 테니까 당분간 가급적 몸을 사리는 것이 좋겠군.'

'오장환 회장이 직원들을 소모품처럼 여기는 구석은 있어도 그래도 회사 생활하기는 좀 더 편했는데. 이제 봄날도 끝난 건가.'

양기택을 대신하여 명성 미디어 비서실장이 된 도혁수.

회사 경험이 없는 오세라를 위해서 명성금융 총수 주현문이 측근 도혁수를 그녀 곁에 붙여 준 것은 좋았지만, 도혁수가 어떤 존재인지 익히 알고 있다 보니 임원들은 아무래도 신경이 쓰일 수밖에 없었다.

"앉으시지요."

"고마워요."

도혁수가 오세라를 위해 직접 의자를 빼 주었다.

상석의 자리였다.

얼마 전까지만 해도 오장환이 차지했던 자리.

스윽!

오세라가 의자에 앉자, 도혁수는 회의 테이블 앞에 앉고 그녀 뒤쪽으로 물러나 대기했다.

임원들이 한눈에 들어오는 위치.

서 있는 상태였기에 회의를 시작하면 임원들의 표정 변화를 쉽게 캐치할 수 있을 터.

오세라가 회의를 시작했다.

"아직 정식으로 회장 공고가 올라올 때까지 시일이 좀 남기는 했지만, 여러분도 알다시피 상황이 상황이다 보니 오늘부터 회사에 나오게 되었어요."

오세라는 한국에 들어온 이후로 바쁘게 움직이고 있는 상황이었다. 앞으로 그녀가 상대할 인물이 바로 유토피아의 대표인 신석기라는 것 때문이었다.

일단 급한 대로 어제 양기택 오피스텔을 찾아간 덕분에 발등에 떨어진 불은 끈 셈이었지만, 아직도 처리해야 할 일들이 남았다.

"단도직입적으로 말할게요. 유토피아를 저격했던 악플 소동에 대한 것은 양 실장이 혼자서 책임지는 것으로 처리가 되었으니 더는 거론되는 일이 없었음 해요."

오세라의 말에 임원들은 슬쩍 그녀 뒤쪽에 서 있는 도혁수를 힐끔 쳐다봤다.

골치 아픈 문제가 해결되었다.

양기택에게는 안된 일이나 그가 독박을 쓰는 것이 회사의 분위기를 위해서도 좋았기에 말이다.

'도혁수가 곁에서 도왔을 거야.'

'오세라 혼자서는 결코 해결하지 못했을 테니까.'

'쯧! 이러다가 오세라는 허깨비에 불과한 회장이 되겠군.'

'낯짝이 반반한 남자 연예인들이나 후리는 것을 좋아하던 오세라가 회사를 운영한다? 하긴 개가 웃을 일이긴 해.'

'그나마 도혁수가 곁에서 이것저것 코치하게 될 테니 주가가 더 떨어질 일은 없겠지.'

임원들은 오세라를 진심으로 회장으로 인정하지 않고 있었지만 도혁수가 있는 자리였기에 공손한 태도를 보였다. 만일 도혁수 없이 오세라 혼자서 이 자리에 나왔다면 임원들의 태도는 아주 가관이었을 것이다.

"알지 핸드폰 광고에 대해선 어떻게 처리하실 생각이시
죠?"

재무를 관리하고 있던 임원이 현재 시급한 사항인 핸드폰
광고에 관련한 문제를 오세라에게 질문하게 되었다.

알지 핸드폰 광고에 오장환의 지시로 많은 자금이 투입된
상황이었다.

만일 오세라가 오장환과 생각이 다를 경우라면 지금까지
투입된 자금에 대한 처리도 문제이긴 했지만, 무엇보다 당장
광고 콘셉트부터 다시 짜야 한다는 점이었다.

'어제 도 실장과 얘기를 나누기를 잘했어.'

미국에 있는 동안 오세라는 명성 미디어에서 알지 핸드폰
광고를 만들기 위해서 명품 가방들을 사들이고 있다는 소식
을 들었다.

명품 가방에 관심이 많은 그녀였기에 신상이 나오면 그것
을 꼭 손에 거머쥐고 싶어 했다.

특히 H사에서 만든 신상 가방.

그녀도 그것을 노리고 있었지만 간발의 차이로 분하게도
다른 사람에게 빼앗겼다.

그랬는데 그 신상 가방을 명성 미디어에서 매입했다는 소
식을 듣고 크게 기뻐했다.

그러다 알지 핸드폰 광고를 찍을 때 신상 가방을 불태워

버리겠다는 것을 알고는 속으로 끙끙 앓았다.

해서 어제 양기택 문제를 처리하고 도혁수와 함께 차로 돌아오던 도중, 석기와 마주친 것에 대한 스트레스도 풀 겸 H사의 신상 가방을 그녀가 취하겠다는 의견을 밝혔다.

그런데 도혁수 생각은 달랐다.

-알지 핸드폰 광고는 전 오장환 회장님이 기획했던 대로 그대로 가시는 편이 좋을 겁니다. 지금 와서 기획을 틀어 버린다면 여러모로 손해가 막심할 겁니다. 또한 그렇게 되면 광고를 찍을 시간이 촉박하게 될 테니 오성의 냉장고 광고를 능가하는 광고를 만드는 것에 차질을 빚을 우려가 큽니다.

사실 오세라는 명성 미디어 회장이 되면 제일 먼저 하고 싶었던 것이 바로 알지 핸드폰 광고를 위해 매입한 H사의 신상 가방을 손에 넣는 일이었다.

그녀가 차지하지 못한 물건이라는 것에 탐욕을 부린 것도 있었지만, 130억이나 들여서 매입한 고가의 가방이라는 것에 곁에 두고 소장 할 가치가 있는 물건이라 판단했다. 나중에 셀럽들의 모임에 그 가방을 들고 가면 모두의 관심을 끌 수 있을 것이 분명했기에 말이다.

-우리와 경쟁할 광고가 오성 냉장고 광고란 거죠?

-그렇습니다. 게다가 오성 냉장고 광고는 유토피아 엔터 소속 연예인들이 광고를 찍게 될 겁니다. 전 오장환 회장님께서도 알지 핸드폰 광고에 많은 돈을 투자하면서 심혈을 기울인 이유도 바로 그래서입니다.

오세라는 H사의 신상 가방을 포기하는 것이 가슴이 미어졌지만, 유토피아 대표 석기의 얼굴을 떠올리자 이를 빠득 갈아 댔다. 석기를 엿 먹일 수 있다면 신상 가방을 얼마든지 포기할 수 있었다.

잠시 어제의 일로 생각에 잠겼던 오세라.

그녀의 동공에 광기가 일렁이기 시작했다.

"그동안 기획했던 대로 차질 없이 진행될 거예요. 명품 가방들을 잔뜩 쌓아 놓고 불을 지른다면 대중에 강한 인상을 심어 줄 수 있는 광고가 될 것이라 생각해요."

오세라 눈에서 불꽃이 번쩍였다.

알지 핸드폰 광고를 대박 광고로 만들기 위해 그녀는 H사의 신상 가방을 불태워 버리기로 결심했다.

그렇게 H사의 신상 가방을 광고를 위해 포기한 여파인지 오세라는 핸드폰 광고에 더욱 적극적인 열의를 보였다.

"핸드폰 광고를 찍기 전에 대중의 호기심을 자극하자는 차원에서 명품 가방을 광고 촬영 중에 불태워 버릴 것이라는 소문을 미리 퍼트리는 것도 좋겠어요."

"오호! 제가 보기에도 그렇게 되면 대중이 알지 핸드폰 광고에 더욱 뜨거운 관심을 보일 거라 생각합니다."

"하긴 명품 가방을 태운다는 소식을 듣게 되면 명품을 선호하는 여성들이 아주 난리가 나겠군요."

"H사의 신상 가방을 130억을 주고 매입했다고 들었는데 맞나요?"

"네! 맞습니다, 회장님! 본래 가격은 1억 3천이지만 우리 명성에서 매입하겠다고 나오자 감히 1백 배를 불러 버렸습니다. 전 오장환 회장님께서 그럼에도 통 크게 질러 버리라고 해서 130억에 매입을 하게 되었지요."

"그렇다면 그런 부분을 더욱 강조하는 것도 재미있겠네요."

"알겠습니다, 회장님!"

오세라의 적극적인 분위기에 전염이 되기라도 한 듯이 임원들도 반론을 제기하지 않고 그녀의 뜻에 적극적으로 따르는 분위기였다.

"……!"

그러자 뒤에서 돌아가는 분위기를 지켜보고 있던 도혁수의 눈빛이 살짝 흔들렸다. 오세라가 능구렁이 같은 임원들을 어찌 대할까 궁금했는데 의외였다.

회의가 끝나자 도혁수는 명성금융 총수 주현문에게 오세

라에 관한 내용을 보고했다.

"역시 피는 속일 수 없나 봅니다. 세라 아가씨께서는 회사를 운영해 본 경험은 없긴 하지만 임원들을 대하는 태도에 거침이 없습니다."

─허허허! 그렇다니 다행이네. 한데 언제까지 세라 아가씨라고 부를 건가? 이제부터 그 아이는 명성 미디어 회장일세.

"죄송합니다. 시정하겠습니다."

─도 실장, 자네가 곁에서 그 아이를 많이 도와주도록 하게나. 특히 알지 핸드폰 광고는 그 아이가 그곳의 회장이 되고서 처음 맡는 업무가 아닌가. 그러니 광고를 찍는 데에 자금이 얼마가 들어도 상관없으니 반드시 오성 냉장고 광고를 압도할 수 있도록 만들어야만 할 걸세.

"유념하겠습니다."

도혁수는 명성금융 총수 주현문과 통화가 끝나자 곧장 친분이 있는 기자들에게 연락했다.

요사이 유토피아를 저격하는 악플 소동으로 대중이 명성 미디어에 대해 반감을 갖고 있는 상황이었기에 분위기 쇄신 차원에서 다른 곳으로 시선을 돌릴 필요가 있었다.

그런 점에서 명품 가방을 핸드폰 광고 촬영장에서 불태워 버린다는 것은 어쩌면 노이즈마케팅이 될 수도 있었지만, 지금은 노이즈마케팅이라도 좋으니 대중이 알지 핸드폰 광고에 관심을 가져 주는 것이 급선무였다.

도혁수는 지금 같은 상황에서 자숙하는 것은 오히려 의미가 없다고 생각했다.

꼬리를 내리고 잠잠히 있다간 죄를 인정하는 꼴이 될 테니, 오성 냉장고 광고를 압도하기 위해선 공격적인 대응이 최선책이었다.

❈

밤이 되었다.

도혁수가 사주한 기자들이 알지 핸드폰 광고 관련하여 열일을 했고, 도혁수의 짐작대로 네티즌들은 기자들의 기사에 뜨거운 반응을 보였다.

　-알지 핸드폰 광고 촬영에 명품 가방들을 불태우는 장면이 들어간다던데 어떻게 생각하죠?

　-헐! 개아깝네요! 가방을 불태울 바에는 나를 주지ㅋㅋㅋ

　-동감! 명품 가방 하나도 없는 불쌍한 인간을 구제해 주삼!

　-명성에서 H사의 신상 가방을 매입하는데 130억이 들었단 소문이 있던데 실화일까?

　-헉! 130억짜리 가방도 있나요?

　-본래 가방 가격이 1억 3천이었는데, 가방 주인이 돈독이 올라서 1백 배를 불렀다죠? 그래서 130억에 사들인 거라져~ㅋㅋ

―누군지 땡 잡았네!ㅋㅋㅋㅋ

―커헉! 130억! 평생 놀고먹을 수 있겠다!

―130억짜리를 정말로 태울까?

―핸드폰 광고를 위해서 태운다고 했으니 태우지 않을까요?

―근데 핸드폰 광고에 웬 명품 가방? 것도 130억씩이나? 완전 미친 거 아닌감?ㅎ

―인정! 그건 미친 짓이당!

―그래도 그런 광고를 찍으면 대중 어그로 지대로 끌긴 하겠네~ ㅋㅋㅋㅋ

―돈 많으면 뭔 짓을 못하겠나!ㅋ

―이건 돈 태우는 광고네!

―언제 핸드폰 광고 찍는 거죠? 가서 구경하고 싶다능~

―세상에서 젤로 재밌는 구경 중의 하나가 바로 불구경이죠!ㅎㅎ

―타다만 가방 건지러 가고 싶다!

―역시 명성이 돈지랄은 잘해!

✸

유토피아 대표실.

회사에 출근한 석기는 박창수와 실검을 장악한 명품 가방에 관한 얘기를 나누게 되었다.

그것이 명성 미디어에서 벌인 짓거리임을 알고 있기에 박창수가 굳어진 표정으로 석기를 쳐다봤다.

"명성 미디어에서 제법 공격적으로 나오는데, 괜찮겠어?"

"노이즈마케팅이라도 좋으니 일단 대중에게 알지 핸드폰 광고에 관심을 유도하려는 수작일 거야."

"우리도 뭔가 해야 하지 않나?"

박창수의 걱정스러운 표정에 석기가 빙그레 웃으며 고갤 저어 댔다.

"130억짜리 명품 가방을 불에 태운다고 해도 오성 냉장고 광고를 절대 이기진 못할 테니 걱정 마."

"그게 무슨 소리야?"

"그것에 대처할 비장의 무기를 준비했으니까."

"비장의…… 무기? 그게 뭔데?"

"아직은 비밀이야."

박창수의 의문 어린 눈빛에 석기가 여유롭게 웃었다.

광고 촬영이 끝났다

밤이 깊어 갔다.

유토피아 건물 앞에 고급 외제차가 멈춰 섰다.

끼이익!

차에서 내린 여자가 건물 안으로 움직였다.

꽤 늘씬한 여자의 자태였다.

몸에 걸친 모든 것이 최상급 명품이다.

띠잉!

승강기에서 여자가 내렸다.

그녀가 목적한 곳이 바로 유토피아 힐링센터임을 알 수 있었다.

그녀는 유토피아 엔터 소속 연예인은 아니었다.

그렇다는 것은 석기가 초대한 손님이란 의미였다.

그걸 증명하듯이 힐링센터의 문이 열렸고, 여자는 로비에서 기다리고 있던 석기를 발견할 수 있었다.

유토피아 직원들이 모두 퇴근한 시간이라 그런지 힐링센터의 로비 안은 매우 조용했다.

"유토피아 대표 신석기입니다. 여기까지 찾아오시는 길이 어렵지 않았는지 모르겠군요."

여자는 보기 좋게 피트가 된 정장을 걸친 석기의 세련된 모습도 매력적으로 다가오긴 했지만, 음성이나 태도에서 거부감이 들지 않는 자연스러운 품격이 느껴진다는 것에 절로 감탄이 흘러나왔다.

[서 이사님 말대로 정말 매력적인 남자는 확실하네. 특히 나를 대하는 눈빛에 흑심이 전혀 느껴지지 않는 것이 더 마음에 들어. 이런 남자도 있다니 신기하다.]

여자의 속마음에 석기가 피식 웃었다.

석기가 보기에도 여자는 상당한 미인 축에 속했기에 남자들에게 인기가 많을 것이라 느껴졌다. 그랬기에 그녀에게 흑심을 품지 않는 석기의 모습에 자존심이 상할 수도 있었지만, 여자는 오히려 그런 석기를 더 좋게 평가했다.

'오세라 같은 여자와는 전혀 다르군. 신상 가방을 명성에

130억에 팔아먹을 정도로 배포가 큰 것은 짐작했지만. 이거 성격까지 상당히 쿨하네.'

여자의 이름은 은가비.

그녀는 재력가 집안의 여식으로 국내에서 제법 유명한 셀럽으로 통하던 인물이었다.

그녀의 블로그에 올린 명품 옷과 액세서리와 가방들은 올리는 즉시 세간의 화제가 되곤 했다.

참고로 명성미디어에서 제작하려는 알지 핸드폰 광고에 들어갈 H사의 신상 가방.

명성미디어 측에 130억을 받고 가방을 넘기긴 했지만 본래 신상 가방의 주인이기도 했다.

[내가 여기에 온 것이 바로 신상 가방을 명성미디어에 넘긴 것 때문이라니.]

은가비의 속마음이 들렸다.

H사에서 제작한 신상 명품 가방.

지금은 명성미디어 손에 넘어갔지만, 결국 그 가방으로 인하여 그녀가 유토피아 힐링센터에 초대받을 수 있게 된 것이다.

"저는 은가비라고 해요. 대표님께서 이곳의 위치를 친절하게 설명해 주셔서 쉽게 찾아올 수 있었어요. 근데 제가 너무 늦은 시간에 방문을 해서 대표님의 퇴근을 방해한 것은 아닌지 싶네요."

"아닙니다. 저도 지금 시간이 괜찮으니 오시라 한 겁니다. 그럼 탈의실로 가셔서 안에 준비된 옷으로 갈아입고 나오시죠."

예의 바른 여자의 태도에 석기도 정중히 그녀를 대했다.

그녀를 힐링센터에 초대한 것.

실은 석기로선 이유가 있었다.

하지만 지금은 일단 명상실로 입장하려면 옷부터 편안하게 갈아입도록 하는 편이 좋았다.

지금 그녀는 롱부츠에 미니스커트 차림새였기에 명상실에서 앉아 있기엔 꽤 불편할 터였다.

"탈의실 안에 옷도 준비되어 있나 보죠?"

"그렇습니다. 지금 차림새로도 괜찮다면 그대로 명상실로 이동하셔도 문제는 없습니다."

"아니에요. 갈아입는 것이 좋겠네요."

그녀도 자신의 차림새를 스윽 훑어보더니 고갤 끄덕였다.

처음 대면하는 상황에서 이런 차림새를 하고 찾아온 것은 사실 석기를 떠볼 생각에서였다.

그녀를 대하는 석기의 눈빛.

다른 남자들처럼 끈적거리는 눈빛이었다면 크게 실망했을 것이다.

"신 대표님! 유토피아 힐링센터에 초대해 주신 점, 다시 한번 진심으로 감사하게 생각하고 있어요."

"저야말로 은가비 씨처럼 인기 있는 셀럽을 힐링센터에 모실 수 있게 되어 영광스럽게 생각합니다. 저기가 탈의실입니다. 그럼 잠시 후에 뵙겠습니다."

"네에, 이따가 봐요."

은가비가 탈의실로 들어왔다.

테이블 위에 단정히 접어 놓은 옷이 보였다. 반팔에 반바지. 찜질방이라는 것을 이용한 적은 없지만 인터넷에 올라온 사진을 통해 본 적은 있었다. 딱 그런 옷과 비슷했다.

"확실히 편하긴 하네."

탈의실에 준비된 옷으로 갈아입은 그녀가 거울로 다가섰다.

사실 겉으로 보기엔.

은가비의 얼굴 피부는 깨끗했다.

게다가 몸매도 상당히 늘씬했다.

사지가 길쭉하고 헬스로 다져진 몸매라 군살이 없이 탄탄했다.

그랬기에 한편으론 부족한 것이 전혀 없어 보이는 은가비를 굳이 힐링센터에 초대를 한 것이 어찌 보면 이해가 가지 않을 수도 있을 터.

하지만 그녀에겐 남들에게 밝히지 못하는 심각한 고민거

리를 갖고 있다는 점이었다.

재력, 학력, 외모.

모든 것을 갖춘 그녀였지만.

대학 새내기 때였다.

가족들과 별장에서 파티를 벌이던 도중 갑자기 일어난 화재로 복부에 심한 흉터가 생겼다. 가슴 아래쪽부터 시작하여 배꼽까지 이어진 커다란 화상 흉터는 그동안 숱한 치료를 받아 보았지만 전혀 효과를 보지 못했다.

그런 사정으로 인해 몇 년 동안이나 해변이나 수영장에서 노는 일은 꿈도 꿔 보지 못했다. 젊은 아가씨라면 적어도 한 번 정도는 해변에서 비키니를 입고 예쁜 몸매를 과시하고 싶은 욕망이 있었을 테지만, 그녀에겐 바랄 수 없는 헛된 꿈과도 다름없었다.

그녀가 명품을 선호하게 된 것.

그녀는 자신의 몸에 흉터가 있는 것을 흠이라고 여겼기에 일부러 고가의 명품으로 치장하여 자신을 방어하려는 심리적인 이유에서 명품을 몸에 두르기 시작했다.

명품을 두른 그녀의 모습.

확실히 효과가 있긴 했다.

그녀의 속내를 모르는 사람들은 고가의 명품을 휘두른 그녀를 멋지다고 부러워했다.

또한 복부의 흉터는 이성을 사귀는 문제에도 제동이 걸렸다. 몸에 흉흉한 흉터를 달고 있는 그녀를 좋아할 남자는 없을 것이라 여겼기에, 대시하는 남자들마다 모두 차갑게 무시했다.

하지만 그녀의 속사정을 모르는 사람들은 남자를 함부로 대하는 그녀를 거만하다고 비아냥거렸다.

그러다보니 그녀는 외로움을 달래고자 더욱 명품에 꽂혔고, 급기야 국내에서 최고의 명품 백화점으로 입지를 구축하고 있던 갤로리아의 VIP 고객이 되었다.

며칠 전에 은가비는 갤로리아의 특별 고객으로 선정되어 그곳의 최대 주주인 서연정과 식사 자리를 갖게 되었다.

그녀는 이제까지 만난 사람들과는 달리 가식적이지 않고 편안하게 사람을 대하는 서연정에게 인간적으로 끌린 나머지 마음속에 깊이 묻어 두었던 고민을 털어놓았다.

은가비의 고민을 들은 서연정은 자신의 일처럼 안타까워했고, 유토피아 힐링센터라면 은가비의 흉터를 완벽하게 치료해 줄 수 있을 것이란 말도 해 주었다.

처음에는 반신반의했다.

물론 유토피아에서 생산한 연예인 비누와 릴렉스 향수는 명품을 선호하는 그녀의 취향을 충분히 만족시키긴 했지만, 화상을 입은 복부의 흉터를 사라지게 만드는 문제는 아무래도 차원이 달랐기에 말이다.

"가비 씨가 원한다면 신 대표님에게 연락해 볼게요."

사실 은가비도 유토피아 힐링센터에 대해 소문을 듣긴 했다.

그곳을 이용하려면 유토피아 대표인 석기의 허락을 받아야만 가능하다는 것을.

그래서 은가비는 고민 끝에 서연정에게 힐링센터에 초대를 받을 수 있도록 중간에 다리를 놔 줄 것을 부탁했고, 다행히 석기와 통화를 나눌 수 있었다.

―은가비 씨, 당신이 명성미디어에 H사에서 제작한 신상 가방을 넘긴 사람이라는 거죠?

"맞아요. 1억 3천에 구입한 신상 가방을 명성미디어에 130억에 넘겼죠. 그게 문제가 되나요?"

―아닙니다. 오히려 명성에 가방을 넘긴 것이 저희로선 잘된 일이라 볼 수 있습니다.

"잘된 일이라고요? 뭐가요?"

―은가비 씨 덕분에 비장의 무기를 손에 넣을 수 있게 되었습니다. 물론 은가비 씨가 제가 말한 제안을 받아들일 경우라면 말이죠.

"어떤 제안을 하시려는 거죠?"

은가비는 만일 복부의 흉터를 사라지게 만들 수만 있다면 어떤 요구라도 들어줄 생각이었다.

돈을 원한다면 돈을.

심지어 그가 하룻밤 잠자리를 원한다고 해도 들어줄 작정이었다.

그만큼 절실했기에.

남들 앞에선 명품을 과시하면서 행복한 듯 웃고 있었지만, 복부의 흉터를 평생 달고 살아야 한다는 것을 생각하면 가끔은 자살을 생각할 정도로 고통스러웠다.

―일단 돈이 필요합니다.

"돈이라고요? 좋아요! 얼마가 들어도 상관없어요! 흉터를 사라지게 만들어 준다면 신 대표님이 원하는 액수를 드릴게요."

돈에 궁색하지 않는 그녀였기에 석기의 말에 반색했다.

실은 명성미디어에 신상 가방을 넘긴 것도 돈보다는 자꾸 귀찮게 구는 직원을 떼어 낼 의도에서 가방 가격을 100배로 부른 것이다.

그렇게 부르면 체념하고 직원이 돌아갈 줄 알았는데, 명성미디어 측에서 그녀의 조건을 받아들인 통에 어쩔 수 없이 신상 가방을 넘기게 되었다.

―저는 은가비 씨의 돈을 원하지 않습니다. 정확하게 제가 원하는 것은 오성 냉장고입니다.

"그, 그게 무슨 말이죠?"

―은가비 씨가 명성미디어에 신상 가방을 넘기고 받은 돈으로 오성 냉장고를 구입해 주세요. 물론 처음에 은가비 씨가 가방을 구매하는 데 지출한 1억 3천에 위로금을 더해 3억은 제하

고 말이죠.

"헐! 저보고 냉장고를 사라고요? 제가 명성미디어에서 받은 돈이 130억인 거는 알고 계시겠죠?"

-잘 알고 있습니다. 지금이라도 늦지 않았습니다. 돈이 아깝다는 생각이 든다면 제안을 거절하셔도 됩니다.

"대체 왜 냉장고를 사라는 거죠?"

은가비는 너무 궁금했다.

명성미디어에서 받은 돈은 100억이 훨씬 넘어가는 돈이다. 그런 엄청난 액수로 사들인 냉장고를 대체 어디에 써먹으려고 그런 짓을 하라는 것인지 이해가 되지 않았다.

-기증할 겁니다. 은가비 씨의 이름으로 형편이 어려운 소외된 계층의 사람들에게 말이죠.

"냉장고를 사서 불우한 사람들에게 나눠 준다고요?"

-네! 그렇게 되면 은가비 씨는 저희 힐링센터에서 흉터도 치료받고 선행을 베푼 사람이 될 테니까 돈을 써도 아깝지 않을 것이라 생각합니다.

"하! 정말 특이한 발상이네요."

-만일 제안을 받아들일 생각이라면 내일 저희 유토피아를 찾아오세요. 내일까지 아무런 연락이 없다면 저도 더는 은가비 씨에게 제안을 권하지 않겠습니다.

"제가 거절하면 어떻게 되는 거죠?"

-그럼 비장의 무기를 다른 것으로 대체해야겠죠.

"비장의 무기를 다른 것으로……? 그게 무슨 소리죠?"

-자세한 것은 나중에 모두 밝혀질 것이니 궁금해도 참아 주셨으면 합니다. 그리고 한 가지 더 은가비 씨에게 약속드릴 것이 있어요.

"무슨 약속을 말이죠?"

-힐링센터의 케어를 받게 되면 반드시 흉터가 사라질 것이라 믿고 있습니다. 하지만 만일의 경우 힐링센터를 이용하시고도 효과를 보지 못한 상태라면 은가비 씨는 냉장고를 사지 않으셔도 됩니다. 그리고 일 년 동안은 유토피아 힐링센터를 무료로 이용할 수 있게 해 드릴 것을 약속드립니다.

"저로선 나쁘지 않은 일이네요."

-그럼 제안을 받아들이는 건가요?

"네! 좋아요! 그럼 내일 그곳을 찾아갈게요. 밤 10시 정도가 좋겠는데 괜찮겠어요?"

-상관없습니다. 직원들이 퇴근해서 조용할 테니 잘되었네요.

결국 은가비는 석기의 제안을 받아들였다.

그리고 이렇게 오늘 약속한 밤 10시에 유토피아 힐링센터를 찾아오게 된 것이다.

스윽!

상의를 조심스레 걷어 올렸다.

그녀의 손이 파르르 떨리고 있다.

흉터로 가득한 복부.

거울 속에 비친 흉터를 바라본 그녀의 눈빛이 슬퍼보였다.

'이게 정말 사라질 수 있을까.'

거울 앞에서 돌아선 그녀.

주먹을 꽉 거머쥐었다.

석기를.

힐링센터를 믿어 보기로 했다.

※

"여기가 명상실입니다."

석기는 탈의실에서 나온 은가비를 명상실로 이끌었다.

제3 명상실을 오픈했다.

명상실 중에서 성수의 비율이 가장 높은 곳이다.

비장의 무기를 확실하게 써먹기 위해.

그리고 은가비를 위해 석기도 최선을 다할 생각이었다.

석기가 힐끗 은가비를 돌아봤다.

뭔가 특별한 것을 떠올리며 석기를 따라 제3 명상실로 들어왔는지 아무 것도 없는 텅 빈 실내의 분위기에 당황된 기색이 역력했다.

[이렇게 아무것도 없는 곳에서 나를 치료한다고?]

은가비는 제3 명상실의 의미를 전혀 모르고 있을 테니 저런 생각을 했을 터였다.

힐링센터에서 성수의 비율이 가장 높게 설정된 곳이라는 점도 그렇고, 가습기처럼 보이는 곳에서 뿜어져 나오는 안개에 성수라는 신비로운 성분이 내포되어 있다는 것을 그녀는 알 리가 없을 테니 말이다.

"이곳은 유토피아 힐링센터에 있는 명상실 중에서 제3 명상실로 분류되는 곳입니다. 모래시계의 모래가 아래로 모두 떨어지기까지 걸리는 시간은 대략 한 시간 정도 예상하시면 될 겁니다. 그때까지 은가비 씨는 명상실에서 편안한 자세로 쉬고 있으면 됩니다."

"그냥 쉬고 있으면 된다고요?"

"정확히는 숨을 쉬는 일을 하고 있으면 자연스럽게 치유기에서 뿜어져 나오는 치유 안개가 은가비 씨의 복부 흉터를 사라지게 만들어 줄 겁니다."

사실 치유기는 성수를 분무해 줄 가습기였고, 치유 안개는 성수가 내포되어 있다고 해서 그렇게 칭하게 되었지만.

[정말 신 대표님 말대로 효과를 보게 된다면 좋을 텐데.]

은가비는 석기의 진중한 눈빛에 목까지 차오른 여러 가지 의문을 접게 되었다.

효과를 본다면 정말 좋겠지만, 아닐 경우라도 일 년 동안 힐링센터를 무료로 이용하게 해 준다니 그녀로선 손해 볼 것은 없었다.

"그 전에 은가비 씨의 복부에 난 화상 흉터를 보고 싶군요. 치료에 도움이 될까 싶어서요."

"……흉터를요?"

은가비가 굳어진 표정으로 석기를 쳐다봤다.

그녀 복부에 있는 화상 흉터.

그걸 치료하고자 힐링센터를 찾아온 것이지만 흉터를 석기에게 보여 주는 것이 내키지 않았다.

[보여 주기 싫은데.]

그녀도 자신의 몸에 난 흉터임에도 그걸 정면으로 마주하려면 쉽지 않은 일이었기에 자꾸만 시선을 회피하곤 했다.

본인도 그러한데 남들에게 흉터를 드러내는 것은 죽기보다 싫었다. 그래서 샤워를 할 때도 누구도 그녀 방에 들어올 수 없었고, 잠자리에 들 때도 흉터를 가리기 위해 특별히 제작한 맞춤형 속옷을 착용한 채로 잠을 잤다.

'치료를 위해서 확인하려던 것인데…… 내키지 않는 모양이군. 하긴 흉터를 확인하지 않더라도 이곳은 제3 명상실이니 충분히 케어가 가능할 거야.'

은가비 속마음을 들은 석기는 흉터를 확인하려던 생각을 접었다.

"보여 주기 꺼려진다면 보여 주지 않으셔도 됩니다. 그럼 모래시계의 모래가 모두 떨어지면 명상실 옆에 샤워실이 구비되어 있습니다. 저는 로비에서 기다리고 있을 테니 명상이 끝나면 샤워실에서 천천히 씻고 나오도록 하세요."

석기가 제3 명상실의 벽에 부착된 치유기로 다가섰다.

바로 그때였다.

"보, 보여 드릴게요."

"네에?"

"대신…… 놀라지 마세요."

석기가 은가비를 쳐다봤다.

그녀의 눈빛이 파르르 떨고 있다.

복부의 흉터를 석기에게 드러내는 것이 결코 쉽지 않은 일이라는 것을 의미했다.

스윽!

떨리는 손을 간신히 놀려 상의를 위로 들춘 은가비.

가슴 아래부터 배꼽 주변까지 흉흉한 흉터가 자리 잡고 있었다.

그래서인지 지금 그녀는 블로그에서 보여 주었던 당당하고 자신감 넘치는 모습과는 달리 안타까울 정도로 심하게 떨고 있었다.

'하! 흉터가 심하긴 하군.'

젊은 여자의 몸으로 저런 흉터를 달고 살아간다는 것이 보통 인내심이 강하지 않고는 극복하기 어려웠을 것이라 여겼다.

그나마 천만다행히도 흉터가 얼굴이 아닌 복부라는 점에 사람들의 눈에 드러나지 않는다는 점은 있었지만.

"은가비 씨! 쉽지 않은 일이었을 텐데 흉터를 보여 주어서 감사합니다. 심한 흉터이긴 하지만 그 정도면 이곳에서 얼마든지 케어가 가능합니다."

"그렇게…… 말해 주셔서 감사해요."

"그럼 시작하겠습니다."

은가비에게서 돌아선 석기.

그는 치유기에서 뿜어져 나올 치유 안개를 제3 명상실 기준으로 정해 놓은 상태로 작동시켰다.

복부의 흉터가 심하긴 했지만 짐작대로 제3 명상실의 성수로 충분히 치료가 가능할 것이다.

탁!

모래시계를 테이블에 내려놓았다.

그렇게 석기가 명상실에서 나가자 혼자 실내에 남은 은가비는 명상실의 한곳에 자리를 잡고 앉았다.

석기의 말을 믿어 보기로 했다.

"후웁! 하아!"

그녀는 숨을 들이쉬고 내쉬는 일에 열중했다.

그렇게 시간이 흘러.

……톡!

모래시계의 마지막 모래 한 톨이 아래로 떨어진 순간.

"아!"

힐링센터의 케어가 끝났다는 것을 눈치챘지만 은가비의 눈빛은 아쉬움으로 가득했다.

떠나고 싶지 않았다.

비록 한 시간에 불과한 시간이지만 그녀는 이곳에서 있는 동안 신세계를 경험한 탓이다.

호흡을 하면 할수록.

뭔가 달라짐을 느낀 것이다.

그리고 모래시계의 모래가 모두 아래로 떨어진 지금은.

마치 온몸의 세포가 세상에서 가장 깨끗한 물로 씻겨 낸 것처럼 심신이 너무나도 청량했다.

몸이 날아갈 것만 같았다.

최상의 컨디션.

이런 기분을 느낀 것은 처음이다.

'어쩌면…….'

은가비의 눈빛에 기대감이 차올랐다.

명상실에서 숨을 쉬는 것만으로 현재 자신의 몸 상태가 최상의 컨디션을 갖게 된 신비로운 체험을 한 것이다.

그렇다면 정말로 석기의 말처럼 복부의 흉터가 사라졌을 수도 있다고 생각했다.

가슴이 두근거렸다.

앉아있던 자세로 그녀는 복부의 흉터를 확인해 보고자 상의를 들추려 떨리는 손을 움직였다.

하지만.

멈칫!

그녀의 손이 멈췄다.

두려웠다.

잔뜩 기대를 하고 있다가 만일 복부의 흉터가 그대로 남아있다면 실망감이 너무 클 터.

'씻으면서 확인하자.'

기대감과 두려움 사이에서 잠시 갈등하던 그녀가 명상실을 나와 샤워실로 움직였다.

한편, 힐링센터 로비.

은가비를 기다리고 있던 석기는 블루와 대화를 나누었다.

-그러니까 100억이 넘는 돈으로 오성 냉장고를 구입하실 생각이라면 예약이 필요하겠군요.

'아무래도 그래야 할 거야. 2월 중순 경에 냉장고 광고를 매스컴에 노출시킬 생각이니 미리 예약해 놓는 것이 필요해. 100억이 넘어가는 돈으로 냉장고를 구입한다면 그 수가 장난이 아닐 테니까.'

석기의 생각에 블루가 제안을 했다.

－마스터! 그렇다면 오성전자와 딜을 해 보는 것도 좋겠습니다. 가령 절반 가격으로 냉장고를 구입하게 된다면 더 많은 인간들에게 냉장고를 기증할 수 있지 않습니까?

'그것도 좋은 생각이네. 오늘은 너무 늦었으니 내일 오성전자 사장을 만나 봐야겠군.'

오성전자 사장 이한준.

명성미디어에서 노골적으로 명품 가방을 핸드폰 광고 촬영 시에 태워 버리겠다고 들먹이면서 대중을 자극하고 있는 이유가 바로 유토피아 대표 석기를 겨냥한 것도 있지만, 결론적으론 오성 냉장고 광고를 찍어 누르기 위해서라는 것을 그도 익히 알고 있을 것이다.

그랬기에 이한준 사장도 뭔가 돌파구가 필요한 상황일 테니, 석기의 제안을 듣게 된다면 흔쾌히 받아들일 것이라 여겼다.

－마스터가 오성 냉장고를 구입하여 불우한 인간들에 기증하려는 이유는 결국은 광고 싸움에서 명성미디어를 압도하기 위한 일이라 알고 있습니다. 그런 점에서 오성전자도 은가비처럼 선행을 베풀어 대중의 환심을 사게 된다면 광고 효과를 배로 올릴 수 있을 겁니다. 또한 오성 냉

장고 광고가 효과를 보게 된다면 MB드라마의 흥행에도 많은 도움이 될 겁니다.

블루의 명석한 판단이었다.

은가비에게 복부 흉터를 힐링센터를 통해 완벽하게 치료해 주는 대가로, 대신 명성미디어에 신상 가방을 넘기고 받은 돈으로 오성 냉장고를 사들여 사회에서 소외된 불우이웃에게 기증하려던 것.

그건 결국 명성미디어에서 제작하려는 알지 핸드폰 광고를 엿을 먹이기 위한 작전이라 보면 되었다.

'맞아. 난 대중에 알지 핸드폰 광고를 명품 가방을 불태워 버리는 신을 찍고자 300억 가량을 허무하게 낭비한 것으로 인식되게 만들 생각이다.'

명성미디어에서 300억이나 들여서 사들인 명품 가방들.

알지 핸드폰 광고를 찍을 때 불태우는 신을 찍으려는 의도였다.

아무리 광고를 그럴싸하게 찍으려는 욕심도 좋지만 너무 과했다. 오장환이나 오세라 둘 다 또라이니까 그런 짓을 아무렇지도 않게 하려는 것이다.

'반대로 오성 냉장고 광고는 은가비가 명성미디어에서 받은 돈으로 선행을 베푼 것으로 대중들이 인식하게 만든다면, 명성에 비해 적은 돈을 쓰고도 알차게 썼다는 것에 대중은 오성 냉장고 광고에 뜨거운 박수를 보낼 것이라 생각한

다. 거기에 만일 오성전자까지 가세를 한다면 더욱 효과가 좋겠지.'

석기의 생각을 블루가 잠자코 듣고 있었기에 그는 다시 생각을 이어 나갔다.

'여기서 중요한 것은 광고가 매스컴에 노출되기 전에 선행을 베푼 기사를 언제 내보낼지를 결정하는 것이 필요해. 블루 넌 언제가 적당한 타이밍이라고 여기지?'

석기의 질문에 블루가 답했다.

─양쪽 광고가 매스컴에 노출되기 하루 전. 그때가 가장 효과가 좋을 것으로 예상됩니다.

'역시! 내 생각도 그래. 명성미디어에선 핸드폰 광고로 유토피아와 오성을 찍어 눌러 버릴 작정을 하고 있을 테니 돈지랄을 한 것에 더욱 노골적으로 대중의 관심을 사고자 발악할 거야. 그런 타이밍에 명성미디어에 신상 가방을 넘긴 은가비의 선행 기사가 올라온다면 더욱 비교가 될 것은 확실하니까.'

─그러니까 거액을 들여서 찍은 핸드폰 광고에 찬물을 끼얹는 것이 되겠군요. 대중이 명품 가방을 태운 일이 헛된 낭비로 인식한다면 그걸로 게임은 끝일 겁니다!

블루의 명쾌한 음성에 석기가 피식 웃었다.

알지 핸드폰 광고.

그것이 무너진다면 도미노처럼 진수아가 출연한 KB드라

마에도 심각한 타격을 미칠 것이라 본다.

명성미디어 회장이 된 오세라.

알지 핸드폰 광고로 석기에게 물을 먹이고자 단단히 벼르고 있을 테지만 상대를 잘못 만났다.

오세라가 회장 자리를 차지하여 처음으로 시도한 일에 참패를 맛보게 될 테니 말이다.

명성금융의 총수 주현문의 측근 도혁수.

이번 일에는 도혁수도 아무런 도움을 주지 못하고 석기가 계획한 일을 그저 지켜보는 수밖에 없을 것이다.

스윽!

석기는 팔짱을 낀 자세로 입꼬리를 올렸다가 고개를 슬쩍 돌려 손목시계를 확인했다.

'비장의 무기가 되어 줄 은가비 씨가 나올 시간인데.'

석기의 눈이 탈의실 입구로 향했다.

은가비가 나오고 있었다.

눈가가 붉게 충혈된 그녀의 모습에 석기의 입꼬리가 자연스럽게 호선을 그렸다.

[신석기 대표님! 감사합니다! 당신을 평생 은인으로 생각할 것입니다!]

은가비 속마음이 들렸다.

사실 샤워실에서 두려운 마음으로 복부의 흉터를 확인했던 은가비. 매끄러운 피부에 처음에는 믿기지가 않았기에 몇 번이고 손바닥으로 쓸어 보았을 정도였다.

화상 흉터가 모두 사라졌다.

징그럽게 그녀의 복부를 몇 년 동안 차지했던 흉흉한 화상 흉터가 거짓말처럼 사라졌다.

게다가 더욱 놀라운 것은 그렇게 흉터가 사라진 피부가 마치 처음부터 그러했던 것처럼 전혀 어색하지 않고 자연스럽게 느껴졌다는 점이었다. 심지어 화상을 입기 전보다 탄력이 있고 매끄럽기까지 했다.

그녀는 이곳에 나오기까지 거울에 비친 자신의 깨끗한 복부를 들여다보며 너무 감격해서 얼마나 울었는지 모른다.

"정말 감사합니다! 약속대로 130억을 대표님의 말씀대로 오성 냉장고를 매입하는 일이 사용하겠어요."

"본래 가방 값과 위로금까지 모두 사용하겠다는 말인가요?"

"네! 130억 모두 쓸 거예요! 하나도 아깝지 않아요!"

은가비는 복부의 흉터가 말끔히 사라진 지금 더한 것도 해주고 싶은 심정이었다.

다음 날 아침.

석기는 오성전자를 방문했다.

오성 냉장고에 관한 일로 오성전자 사장 이한준과 급히 협의할 일이 있었던 것이다. 사전에 방문 약속 없이 불쑥 만나러 오는 것은 경우가 아니긴 했지만 석기로서도 이유가 있었다.

130억!

그 돈으로 오성 냉장고를 사들일 계획이다.

하지만 그 전에 이한준과 딜을 볼 작정이다.

한 대라도 더 불우한 이들에게 냉장고를 기증하고 싶은 마음도 있었고, 그리고 이왕 좋은 일을 하는 김에 오성전자도 석기가 계획한 일에 동참을 시키는 것이 그림이 좋을 것이라 생각했기에.

"연락도 없이 불쑥 찾아와서 죄송합니다."

"아닙니다. 신 대표님의 방문이라면 언제든지 환영입니다. 시간이 없으면 쪼개서라도 내드려야죠."

이한준 사장은 석기에게 호감을 갖고 있었기에 그의 방문을 진심으로 반색하는 기색이었다.

두 사람은 소파로 자리했다.

이한준 사장의 성향을 반영한 듯 국내에서 내로라하는 기업의 사장실치고는 크기도 적당한 규모였고, 실내의 인테리어와 가구들도 화려함보다는 정갈함과 품격에 치중한 편이었다.

탁!

비서가 내온 따뜻한 차로 입가심을 하고나자 이한준이 찻잔을 내려놓고 석기를 웃는 낮으로 쳐다봤다.

"신 대표님과 차를 마셔서 그런지 맛이 더 좋네요."

"저도 그렇습니다."

석기가 조용히 웃었다.

차 맛이 좋은 것.

그럴 수밖에 없었다.

성수가 들어간 차이니 말이다.

이제는 아주 가까운 거리에서는 찻잔에 손을 대지 않고도 석기의 의지대로 성수를 발현시킬 수 있었기에 차를 마시는 자리에서 유용하게 쓰였다.

"안 그래도 내일부터 오성 냉장고 광고 촬영이 시작될 것이란 점에 신 대표님께 전화를 드리려던 참이었습니다."

"실은 저도 그 문제로 사장님을 찾아뵙고 의논 드릴 얘기가 있어서 이렇게 오게 되었습니다."

"잘 오셨습니다. 의논할 것이 어떤 내용인지 궁금하군요."

"명성미디어에서 알지 핸드폰 광고를 위해서 이미 마케팅이 시작된 상태입니다."

"알고 있습니다. 요즘 명품 가방에 대한 얘기로 커다란 화제가 되고 있다죠?"

"그렇습니다. 명성미디어 측에선 거액을 들여서 사들인

명품 가방들을 알지 핸드폰 광고 촬영 때 불에 태운다고 들었습니다. 그것으로 인해 의견들이 분분하긴 하지만 그래도 대중의 관심을 끄는 것에는 성공한 셈이긴 합니다."

이한준이 씁쓸한 표정을 지었다.

오성 냉장고와 알지 핸드폰 광고.

양쪽 광고가 같은 시기에 매스컴에 노출이 된다. 그런 상황에서 명성에서 의도한 일이긴 했지만, 명품 가방에 대한 내용이 실검을 장악한 상황이 이한준 입장에선 결코 달갑지 않았다.

"사장님, 혹시 은가비 씨라고 알고 계십니까?"

은가비. 국내에서 제법 유명한 셀럽 중의 한 명이기도 했고, 명성미디어에 H사의 명품 신상 가방을 넘긴 인물이라는 점에 이한준도 익히 알고 있었다.

"알고 있습니다. 명품 가방을 명성미디어 측에 130억을 받고 거래한 여자가 아닙니까? 알지 핸드폰 광고 촬영 때 불에 태울 명품 가방 중에서 그녀가 명성에 넘긴 가방을 일컬어 '여왕'으로 불리고 있다죠?"

그때 이한준의 말이 끝남과 동시에, 석기 앞에서 차마 말을 꺼내진 못한 생략한 속마음이 들려왔다.

[세상에는 미친놈들이 참 많다! 130억이나 들여 가방을 사들여 놓고 그걸 불태워 버리겠다니. 그런 식으로 찍은 광

고가 과연 훌륭한 광고라 할 수 있을까. 그렇게 돈을 낭비
할 바에는 차라리 불우한 사람들을 도와주는 데 사용하는
것이 훨씬 좋았을 텐데.]

이한준의 속마음에 석기는 속으로 조용히 웃었다.

석기가 이한준을 찾아온 목적.

보다 수월하게 얘기를 꺼낼 수 있을 터.

"솔직하게 말씀드리겠습니다. 저는 은가비 씨를 대신하여
사장님과 협의를 하고자 찾아왔습니다."

"그게 무슨 말이죠? 신 대표님이 은가비 씨를 대신하여 저
를 만나러 오셨다고요?"

"네! 어젯밤에 저는 은가비 씨를 유토피아 힐링센터에 초
대하게 되었습니다."

"은가비 씨를 힐링센터에 초대한 이유가 뭐죠?"

이한준이 의아한 표정을 지었다.

인기 있는 셀럽으로 알려진 은가비는 겉으로 보기엔 얼굴
도 예쁘고 몸매도 늘씬했기에, 그녀를 힐링센터에 초대한 이
유가 이해가 되지 않았던 것이다.

게다가 은가비는 명성미디어에서 제작할 알지 핸드폰 광
고에 사용할 신상 가방을 넘긴 인물이란 점에, 어찌 생각하
면 유토피아 입장에선 불편한 인물일 수도 있었다.

"자세한 내용은 지금 이 자리에서 밝힐 수 없지만, 은가비

씨가 유토피아 힐링센터를 이용한 대가로 저와 한 약속이 있답니다. 그래서 이렇게 사장님을 만나러 오게 된 것이고요."

"어떤 약속을 하셨기에……?"

"은가비 씨가 H사의 신상 가방을 명성미디어에 넘긴 대가로 받은 130억 전부를 오성 냉장고를 매입하는 데 사용할 계획입니다."

"하! 130억을 오성 냉장고를 매입하는데 사용할 생각이라고요?"

이한준이 당황한 표정을 지었다.

아무리 재력가라고 할지라도 130억이라는 돈으로 냉장고를 구입하겠다는 말은 충격적으로 다가왔다.

"대체 왜 그런 짓을 하려는 거죠? 저희 오성전자 입장에서는 130억 원어치 냉장고를 팔게 되었으니 즐거운 소식이긴 하지만 이해가 안 가는 일이네요."

이한준의 솔직한 말에 석기가 피식 웃어 보이고는 다시 대화를 이어 나갔다.

"사들인 냉장고를 사회적으로 소외된 계층인 불우한 사람들에게 기증할 겁니다. 그리고 그 계획에 오성전자도 동참했으면 합니다."

"동참을……?"

다소 얼이 빠진 이한준의 표정이다.

하지만 그는 사업가였다. 그것도 대기업의 사장이다. 석기가 계획한 의도를 캐치했는지 이한준의 눈빛이 제법 또렷해졌다.

"신 대표님께서 이곳을 방문한 이유, 냉장고 가격을 조정하고자 오신 거로군요."

석기가 빙그레 웃어 보였다.

"조정이 가능하겠습니까?"

석기의 시선에 이한준 입꼬리가 호선을 그렸다.

은가비가 명성미디어에서 받은 130억을 다른 제품도 아닌 굳이 오성 냉장고를 구입하겠다는 이유는 뻔했다.

오성 냉장고 광고를 위해서.

그것이 이유일 터.

안 그래도 명성에서 명품 가방을 광고 촬영에 태우는 방법으로 대중을 자극하는 상황에 오성전자 광고 제작팀도 골치가 아픈 상황이었다.

오성전자에서도 뭔가 대중들의 관심을 끌 이벤트를 준비하는 것이 좋지 않을까 머리를 맞대고 회의까지 해 봤지만, 이거다, 싶은 이벤트를 찾아내지 못했다.

[정말 신기한 사람이다. 명성에 가방을 넘긴 은가비를 끌어들인 것도 그렇고, 130억으로 오성 냉장고를 사들여서 불우한 사람들을 돕겠다는 발상도 너무 기발하다. 신 대표의 계획에 동참한다면 어떤 이벤트보다도 효과를 보게 될

터. 역시 유토피아 엔터 소속 연예인들로 오성 냉장고 광고
를 찍기를 잘했다.]

이한준의 속마음이 들렸다.

오성전자의 사장답게 상황 판단이 빨랐다.

"선행을 베푸는 일에 저희 오성전자를 끼워 주시겠다니 영
광입니다. 하지만 장사치인 저희 입장도 있으니 시중에 판매
될 가격의 절반 가격으로 조정해 드리죠."

이한준의 협조로 절반 가격으로 오성 냉장고를 사들이게
되었다. 두 배로 냉장고가 불어난 셈이니 더 많은 불우한 이
들에게 기증할 수 있게 된 것이다.

"흔쾌히 협조해 주신 점 감사드립니다! 그리고 한 가지 더
상의할 일이 있습니다."

"말씀하시죠."

"이번 일은 은밀히 진행되어야 한다는 점입니다. 해서 나
중에 냉장고 광고를 매스컴에 보도하기 하루 전에 선행을 베
푼 사실을 터트리는 것이 효과적일 것이라 생각입니다."

"그렇다면 구입한 냉장고를 사람들에게 전달하는 것도 그
날에 맞춰서 기증하는 것이 좋겠군요."

"그렇습니다. 그때까지 지금 이 자리에서 나눈 얘기는 비
밀로 해 주시면 감사하겠습니다."

"알겠습니다. 비밀을 지키겠습니다."

두 사람이 웃으며 악수를 나눴다.

✳

오성 냉장고 광고 촬영장.

오성전자 광고제작팀에서는 별관의 스튜디오를 냉장고 광고 촬영장으로 정했다.

석기는 냉장고 광고에 거는 기대가 크기도 했고, 광고 모델이 모두 유토피아 엔터 소속 연예인들인지라 그녀들의 컨디션 관리를 위해서 촬영장에 구경을 나오게 되었다.

뜻밖에도 이한준 사장도 나왔다.

석기를 만나려는 의도로 보였다.

"오늘 130억 어치 냉장고 발주를 했고, 출시는 신 대표님이 원하는 날짜로 맞췄습니다."

"수고하셨습니다. 냉장고 매입 비용은 은가비 씨 이름으로 오늘 중으로 입금될 겁니다."

"천천히 주셔도 상관없습니다."

이한준이 싱긋 웃었다.

냉장고 발주부터 출시까지 은밀히 일을 진행해야만 했기에 촬영장의 분위기도 구경할 겸 일부러 석기를 만나고자 이곳에 나온 것이다.

'허! 사장이 촬영장에 나왔어!'

'유토피아 대표와 사이가 좋은 모양인데?'

'광고를 신경 써서 찍어야겠군.'

유토피아 대표 석기와 오성전자 사장 이한준이 나누는 얘기를 듣지 못했지만, 광고 촬영장에 이들이 참석한 것에 감독과 스태프들의 표정은 다소 긴장되어 보였다.

반면, 광고 모델인 민예리와 한여진의 표정은 평온해 보였다. 성수가 들어간 차를 마신 탓이다.

시든 꽃도 성수가 들어간 물을 뿌리면 생생하게 살아나곤 했다.

사람도 마찬가지였다.

광고 촬영을 위해 석기가 특별히 배려한 차를 마신 덕분에 두 사람의 컨디션은 아주 좋았다.

MB드라마에서 민예리와 한여진은 언니와 동생 역할을 맡았기에 냉장고 광고도 같은 배역으로 콘셉트를 잡은 상황이다.

"호? 정나우 아냐?"

"서이서 양이다!"

"둘 다 완전 예뻐!"

유토피아 소속 걸그룹 〈아우라〉 멤버들인 정나우와 서이서. 두 사람도 촬영장에 참석했다. 그녀들로 인해 긴장되었던 촬영장 분위기가 한결 밝아졌다.

"레디! 액션!"

촬영이 시작되었다.

민예리와 한여진은 케미가 좋다.

거기에 연기력도 뛰어난 편이다.

둘은 감독이 요구하는 것을 자연스럽게 소화했다.

연신 오케이 사인이 터졌다.

촬영장 분위기는 화기애애했다.

'역시 대기업 오성전자의 광고제작팀답군. 냉장고의 장점을 부각시키고 소비자들에게 제품에 대한 안정감과 신뢰감을 주고 있다.'

석기가 냉장고 광고 촬영을 지켜보면서 느낀 소감이었다.

이한준 사장은 촬영하는 장면을 조금 지켜보다가 다른 일정 때문에 먼저 떠났다. 갈 때 조감독에게 한우 회식을 하라면서 카드를 건넸다.

촬영이 모두 끝났다.

한우 회식 소리에 모두가 즐거운 분위기였다.

오늘 촬영 분량을 제법 뽑았기에 감독과 스태프들은 광고모델인 민예리와 한여진에 대해 앞 다투어 칭찬을 입에 올렸다.

반면 알지 핸드폰 광고 촬영장.

핸드폰 광고 모델인 진수아.

예쁘게 치장한 그녀가 도도한 표정으로 촬영장에 도착했다.

한 시간이나 늦게 촬영장에 도착한 상황.

그럼에도 기다리고 있던 감독과 스태프들에게 전혀 미안한 표정이 아니다. 이곳에서는 그녀가 주인공이라 여겼기에 드라마 촬영장처럼 누구의 눈치도 볼 필요가 없다고 생각했으니까.

하지만 바로 그때였다.

명성미디어 회장 자리에 오른 오세라.

그녀가 촬영장에 등장했다.

비서실장 도혁수를 동행했다.

최고급 명품을 온몸에 휘두른 오세라.

감독과 스태프들이 그녀를 향해 꾸벅꾸벅 고개를 숙였다.

이곳에서 주인공이라 생각했던 진수아 역시 명성미디어 회장인 오세라를 향해 공손한 태도로 인사하게 되었다.

새로 회장이 된 오세라와 친분을 나눌 좋은 기회라 여기고 잔뜩 기대를 갖고 있었는데.

"생각보다 별로네."

오세라의 심드렁한 눈빛에.

그만 진수아의 얼굴이 붉게 변했다.

"그럼 다들 수고해요!"

"안녕히 가십시오, 회장님!"

오세라는 감독과 스태프들 앞에서 보란 듯이 광고 모델인 진수아를 깎아내리는 태도를 보이곤 도혁수를 데리고 유유히 촬영장을 벗어나기 시작했다.

하지만 촬영장에서 다소 거리가 멀어지자 그녀가 걸음을 멈추고 도혁수를 힐끗 돌아다봤다.

"진수아 그 아이, 제법 예쁘장하게 생겼던데요. 왜 그런 말을 하라고 한 거죠?"

조금 전에 오세라가 핸드폰 광고 모델인 진수아를 별로라고 무시하는 발언을 한 것은 도혁수의 조언 때문이었다.

사실 오세라가 광고 촬영장을 방문한 본래 목적과는 전혀 딴판의 행동을 보인 셈이기도 했다.

그녀가 이곳에 온 이유는 알지 핸드폰 광고 촬영 첫날이라 모두의 사기 진작을 위해서 거하게 회식을 하도록 감독에게 금일봉을 하사하고, 특히 핸드폰 광고 모델인 진수아를 격려하려는 차원에서 방문하게 된 것이다.

하지만 촬영장으로 출발하기 전까지만 해도 아무런 말이 없었던 도혁수가, 막상 광고 촬영장에 도착하자 그녀를 향해 예상치 못한 조언을 한 것이다.

[회장님! 감독에게 금일봉을 전달하는 것은 나중에 촬영이 모두 종료되고 나서 해도 늦지 않습니다. 그리고 광고모델인 진수아 양에게는 칭찬보다는 사람들 앞에서 깎아내리는 것도 괜찮을 듯싶고요.]

명성금융 총수 주현문이 오세라를 위해서 붙여 준 도혁수는 능력이 출중해서 주현문에게 단단히 신임받고 있는 인물이었다.

그랬기에 도혁수가 오세라에게 그런 말을 했을 때는 뭔가 이유가 있을 것이라 생각했기에 그대로 따랐지만, 아무래도 의문은 남았다.

"대체 의도가 뭐죠?"

그러자 오세라의 답을 요구하는 시선에 도혁수가 공손한 태도로 답변을 했다.

"전 오장환 회장님도 그렇지만, 회장님께서도 이번 알지 핸드폰 광고에 거는 기대가 매우 크신 것으로 압니다."

"그래서요?"

"그런 점에서 아무런 결과물이 도출하지 못한 광고 첫날부터 금일봉을 하사하시는 것은 오히려 모두의 긴장감을 풀어지게 만들 수 있을 우려가 있기에 그리 말한 것입니다."

"좋아요. 그 점은 이해했어요. 하지만 광고 모델인 진수아를 깎아내리라고 한 것은 무슨 의도죠?"

아직 의문이 해소가 되지 않았는지 추궁하는 시선을 보이는 오세라의 태도에, 도혁수가 다시금 공손하게 답변했다.

"핸드폰 광고 모델인 진수아 양은 본래 정한 시간보다 한 시간이나 늦게 촬영장에 도착한 상태입니다. 또한 그런 진수아 양을 보고도 감독은 그냥 넘어간 분위기고요."

"그래서요?"

"그런 촬영장 분위기 속에서 찍은 광고가 과연 제대로 된 광고가 될 수 있을까요?"

"하긴 아이에게 휘둘리며 찍은 광고가 제대로 될 리 없겠죠."

"해서 특단의 조치가 필요해서 회장님께 그런 조언을 했던 겁니다."

도혁수는 알지 핸드폰 광고 촬영장에 사람을 심어 놓은 상태였지만 그걸 오세라에게 굳이 언급하지 않았다.

또한 사전에 알지 핸드폰 광고 모델인 진수아에 대한 파악도 모두 끝난 상태였다.

겉으로 보기엔 예의바르게 굴고 있지만 진수아의 그런 행동이 모두 가식임을 알고 있다.

촬영 첫날부터 한 시간이나 늦게 촬영장에 도착해서 감독과 스태프들에게 미안하다는 사과 한마디 하지 않은 진수아의 거만한 태도는 일종의 선포나 다름없다고 보면 된다.

알지 핸드폰 광고 촬영을 진수아 입맛대로 휘두르겠다는

속셈이거나, 초장부터 촬영장 분위기를 휘어잡겠다는 의도로 그녀가 그리 행동했을 것임을.

그런 점에서 핸드폰 광고를 제대로 찍기 위해선 진수아를 초장부터 눌러 줄 필요가 있다고 판단했다.

진수아를 찍어 눌러 줄 상대.

사람 알기를 우습게 여기는 진수아였기에 웬만한 인물로는 전혀 효과를 보지 못할 터.

하지만 명성미디어 회장인 오세라라면 충분히 진수아를 압도할 수 있을 것이라 판단했다.

"알겠어요. 그만 가죠."

오세라가 피식 웃었다.

진수아에 대한 소문은 오세라도 알고는 있었다.

원하는 것이 있으면 어떤 수를 써서라도 손에 넣고 말겠다는 강한 집착을 가진 아이. 실은 진수아가 알지 핸드폰 광고 모델이 된 것도 바로 그런 집착이 통했을 터.

'마음에 드는 아이지만 기어올라서는 곤란하지.'

사실 오세라는 아까 진수아를 본 순간 그녀와 같은 과라는 것을 한눈에 간파했다.

예쁜 외모에 풍족한 집안 환경. 어려움 없이 곱게 자라 세상이 우습게 보일 것이다.

'그런 아이가 사람들 앞에서 수모를 당했으니 결코 가만있지는 않을 터.'

오세라가 도혁수를 야릇한 눈빛으로 쳐다봤다.

"도 실장님! 진수아 같은 아이는 내가 잘 알거든요. 그 아이 함부로 경거망동하지 못하게 단단히 주의를 줄 필요가 있어요."

오세라의 말에 도혁수가 여유로운 태도로 응대했다.

"안 그래도 명성금융의 진태형 전무이사에게 조치를 취해 놓았으니 걱정하지 않으셔도 될 겁니다."

"아하! 맞다! 명성금융 진태형 전무이사가 바로 진수아 아빠였죠?"

"그렇습니다."

"어떤 조치를 취한 거죠?"

명성금융 전무이사 진태형.

알지 핸드폰 광고 모델로 진수아가 선정된 것도 결국은 진태형의 입김이 크게 작용했다.

하지만 문제는 진태형과 도혁수의 사이가 그리 좋은 관계가 아니란 점이다.

해서 진태형이 공적인 일에 사적인 감정을 끌어들여 딸 진수아를 알지 핸드폰 광고 모델로 만든 것에 도혁수는 광고 모델 계약서에 특약 사항을 달도록 조치했다.

어차피 진수아가 핸드폰 광고 모델로 선정된 계기에는 명성금융의 자금 융통과 관련이 있는 일이었기에, 결국 진태형은 도혁수의 말을 따르게 되었다.

명성금융 총수 주현문의 귀에 진태형이 사적인 일로 명성미디어에 자금 특혜를 베푼다는 말이 들어가도 골치가 아팠기에 말이다.

"만일 진수아 양이 알지 핸드폰 광고를 찍지 못하겠다고 나온다면 그동안 광고를 위해 투자한 자금을 위약금 차원에서 두 배로 토해 내도록 했습니다."

도혁수 말을 들은 오세라가 어이가 없다는 표정으로 그의 얼굴을 바라보다가 야릇하게 웃었다.

현재 명성미디어에서 알지 핸드폰 광고를 위해 투자한 자금 중, 명품 가방을 사들인 액수만 대략 300억에 해당한다고 알고 있었다.

300억의 두 배면 600억!

아무리 진태형의 직급이 명성금융에서 전무이사이고, 돈이 있는 집안이라고 할지라도 600억이라는 액수는 쉽게 토해 내기 어려울 것이다.

"이렇게 되면 진수아 그 아이가 진태형 이사에게 징징거려 봤자 통하지 않겠군요."

"맞습니다. 위약금을 토해 내기 싫다면 핸드폰 광고를 제대로 찍는 것밖에는 답이 없습니다."

"재미있네요. 호호!"

역시 도혁수였다.

명성금융에서 제법 영향력을 행사하고 있던 전무이사 진

태형을 꼼짝 못하게 만든 셈이었다.

진수아는 그것도 모르고 지금쯤 부친 진태형에게 전화를 걸어 핸드폰 광고 촬영을 못 하겠다고 징징거리고 있을 터.

✸

"아빠! 조금 전에 오세라 회장님이 촬영장에 찾아왔는데 나보고 뭐라고 한 줄 알아요?"

−뭐라고 했는데?

"내 얼굴을 쳐다보더니 별로라고 개무시했다니까요! 그것도 감독과 스태프들이 모두 있는 자리에서 말이죠!"

−오세라 회장이 우리 딸에게 진짜 그런 말을 했다고?

"네! 진짜예요! 핸드폰 광고 찍는 첫날인데 사기 진작을 위해서 격려를 해줘도 부족한데, 어떻게 그럴 수가 있죠?"

−수아 네가 오 회장에게 무슨 잘못을 저지른 것은 없고?

"잘못요? 아뇨! 공손하게 인사를 했는데 대뜸 그런 소리를 했다니까요! 이대로는 너무 분해서 도저히 핸드폰 광고 촬영 못 하겠어요! 감독과 스태프들이 나를 어떻게 생각하겠어요. 기껏 촬영장 분위기를 잘 잡아 놓았는데 오 회장 때문에 완전 망쳤어요! 으흑흑! 나 이제 어떡해요! 이번 핸드폰 광고 완전 기대하고 있었는데 너무해요."

−아빠가 지금 촬영장 쪽으로 가고 있으니 가서 얘기하자.

명성금융 전무이사 진태형이 촬영장에 도착했다.

촬영장 분위기가 완전 암울했다.

핸드폰 광고 모델인 진수아가 촬영을 못 하겠다고 나온 것에 감독과 스태프들도 죄다 손을 놓고 있는 상황이었다.

"아빠! 나 촬영 그만둘래요!"

진수아는 촬영을 하려면 오세라의 사과가 필요하다고 주장했다.

하지만 그건 어려운 일이었다. 명성미디어 회장 오세라에게 딸에게 별로라고 했던 말을 사과받기엔 무리였다.

무엇보다 오세라는 명성금융 총수 주현문이 소중하게 여기는 외손녀라는 점이었다.

그렇다고 진수아에게 핸드폰 광고를 찍지 말도록 했다간 위약금을 두 배로 물어야만 했다.

이러지도 저러지도 못하는 진태형.

결국 답이 없자 그는 진수아의 자존심을 자극하는 방법을 사용하게 되었다.

"수아야, 이렇게 된 이상 핸드폰 광고를 멋지게 찍어서 오세라 회장의 콧대를 눌러 버리는 거야! 광고가 대박을 터트리면 오세라 회장도 너를 함부로 대한 것을 사과하게 될 거야."

"알았어요, 아빠! 이이익! 분하지만 지금은 참을게요. 핸드폰 광고를 정말 잘 찍어서 오세라 회장이 나를 함부로 무시하지 못하게 만들어 버릴래요!"

"그래, 우리 수아 착하구나. 근데 광고를 잘 찍으려면 감
독과 스태프들에게도 친절하게 대하는 것이 좋을 거야. 우리
수아가 웃는 얼굴로 방긋거리면 누구도 널 싫어하는 사람은
없을 테니까. 알았지?"

"알겠어요."

진태형의 계획이 통했는지 겨우 진정된 진수아가 눈에 힘
을 주었다.

                                ❈

청담동 오피스텔.

회사에서 퇴근한 석기는 오피스텔로 돌아오자 박창수를
그의 오피스텔로 불러들였다.

두 사람은 배달시킨 따끈따끈한 치킨을 식탁에 차려 놓
고 냉장고에서 캔 맥주를 꺼내서 저녁 식사 대용으로 먹게
되었다.

"석기 너 들었어? 명성미디어 오세라 회장이 오늘 핸드폰
광고 촬영장을 방문했다가 그곳을 발칵 뒤집어 버렸다고 하
더라."

"그곳에서 무슨 일이 벌어졌기에 그랬대?"

석기가 박창수를 의아히 쳐다봤다.

"나도 퇴근하다가 들은 얘기인데. 오세라 회장이 핸드폰 광고 모델인 진수아를 감독과 스태프들이 보는 앞에서 얼굴이 못생겨서 별로라고 했대."

"흐음! 오세라가 진수아에게 그런 소리를 했다고?"

석기가 고갤 갸우뚱거렸다.

아무리 안하무인격인 오세라 성격이라고 할지라도 알지 핸드폰 광고에 거는 기대감이 클 텐데, 광고 모델인 진수아를 사람들 앞에서 깎아내리는 발언을 하다니 뭔가 이상했다.

"이제 촬영 시작인데 지금 와서 핸드폰 광고 모델을 다른 사람으로 바꿀 리는 없을 텐데."

"맞아. 광고 모델은 계속 진수아로 갈 모양이야."

"근데 왜? 혹시 도혁수 실장도 촬영장에 동행한 건가?"

"그랬겠지. 도혁수 실장, 오세라 회장 곁에 껌 딱지처럼 찰싹 붙어 지낸다는 소문이 파다하니까."

"도혁수 실장이 시킨 짓인가?"

"그게 무슨 소리야?"

"진수아도 오세라와 비슷한 유형이잖아. 드라마 촬영장에선 선배 배우들도 많으니 함부로 굴지 못하겠지만, 광고 촬영장은 그렇지 않을 테니까. 그래서 진수아 기를 꺾을 의도로 그랬을 수도 있겠지."

"그럼 오세라 회장이 진수아에게 그런 발언을 한 것이 일부러 의도한 일이란 거네?"

"도혁수 실장 정도면 이미 진수아에 대한 파악은 모두 끝났을 거야. 그럼 광고를 잘 찍게 하려면 어떤 식으로 진수아를 대해야 하는지도 잘 알고 있겠지."

"이러다가 정말로 알지 핸드폰 광고 대박 광고 되는 거 아냐?"

안 그래도 명품 가방 소동으로 알지 핸드폰 광고에 대중이 관심을 갖고 있는 분위기였기에 박창수가 불안한 표정으로 석기를 쳐다봤다. 하지만 여유로운 석기의 태도였다.

"아무리 진수아가 힘을 빡 준다고 해도 알지 핸드폰 광고에서 최고 화제 거리는 명품 가방을 불태우는 장면이 될 거야. 그것이 오히려 우리에겐 득이 될 테고."

"그게 무슨 소리야?"

오세라 곁에 도혁수가 붙어 있는 것은 분명 마음에 걸리는 일이나 석기도 오성 냉장고 광고를 위해 단단히 준비한 것이 있었다.

하지만 박창수에게는 아직 비밀로 하는 것이 좋았다.

"나를 믿고 기다려 봐. 분명 이번 광고도 오성이 대박을 칠 테니까."

✿

시간이 흘러.

며칠간 진행되었던 오성 냉장고 광고 촬영도 드디어 끝이 보였다.

"레디! 액션!"

오늘 찍을 신은 간단했다.

마지막 장면으로 오성 냉장고는 사람들에게 행복을 가져다준다는 콘셉트로, 냉장고에서 꺼낸 싱싱한 딸기를 씻어서 언니와 동생이 서로의 입에 딸기를 물려 주며 밝게 웃는 신이다.

[오성 냉장고가 여러분을 행복으로 초대합니다!]

광고 카피처럼 행복하게 웃는 자매의 모습이 오늘 찍을 신의 하이라이트였다.

어찌 보면 평범한 장면이라 볼 수도 있었지만 사이좋은 자매의 웃는 모습에, 광고를 보는 대중의 마음을 한순간이나마 따뜻하게 만들어 주었으면 해서 마지막 신으로 넣은 설정이기도 했다.

사실 케미가 워낙 좋은 민예리와 한여진의 분위기였기에 보는 사람들의 입가에 자연스럽게 미소를 맺히게 만들어 주는 따뜻한 광고가 될 수 있을 터였다.

'여기에 2%의 매력이 더해진다면?'

마지막 촬영을 지켜보고 있던 석기.

이것으로 끝내기엔 뭔가 아쉬웠다.

능력이 없다면 모를까.

광고의 효과를 높여 주기 위해서 그 능력을 한번 발휘하기로 했다.

"컷! 좋기는 하지만 한번만 더 가죠!"

마침 감독이 이번 신을 한번 더 찍기로 했다.

마지막 신이라는 것에 최상의 그림을 넣고 싶을 터.

촬영이 다시 시작되었고.

스윽!

순간 석기의 손이 움직였다.

사라라락!

그의 손에 들린 생수병에 들어 있던 물이 빛의 속도로 촬영장 안으로 퍼져 나갔다.

안개처럼 고운 입자였지만 촬영에 방해가 되지 않는 수준. 그런 현상이 촬영장에 비롯되는 순간 촬영장에 있는 모두가 신비로운 체험을 하게 되었다는 사실.

'와! 모델들이 너무 예쁘다!'

'안구가 정화되는 웃음이다!'

'왜 이렇게 행복한 느낌이지?'

'가슴이 이상하게 설레네?'

'갑자기 딸기가 먹고 싶어졌어!'

'이번에 냉장고를 바꿔 버려?'

감독 역시 이번 촬영에선 기분이 이상했다.

'완전 대박이군.'

정수리부터 시작하여 발끝까지.

짜릿한 전율이 일었다.

광고 촬영을 하면서 이런 감동을 받을 줄은 미처 몰랐다. 단순한 신이지만 모델들의 케미에 이번 광고의 성패가 달렸다. 그런데 모델들이 그걸 해냈다.

단순한 신이지만.

결코 단순하지 않다.

"오케이이! 컷!"

촬영장에 울려 퍼진 감독의 힘찬 오케이 사인.

이에 여기저기서 박수와 환호가 아낌없이 터져 나왔다.

"와아아아!"

짝짝짝짝!

스태프들 역시 감독이 느낀 감정과 비슷한 감정을 느낀 덕분이다.

광고 모델인 민예리와 한여진.

두 사람도 예정대로 차질 없이 촬영이 종료되었다는 것과 마지막 장면에서 느낀 묘한 감동에 서로 부둥켜안고 기쁨을 만끽했다.

"두 분 모두 고생 많았어요!"

짝짝짝—!

마지막 장면에 2% 매력을 더한 석기가 시치미를 뚝 떼고는 민예리와 한여진을 향해 박수를 보냈다.

　　석기의 도움이 없어도 멋진 광고가 될 것이긴 했지만, 이번 광고는 명성 미디어에서 찍을 알지 핸드폰 광고와 비교가 된다는 점에 살짝 일조한 것이다.

　　그러고 다음으로 할 일.

　　"한우 먹으러 갑시다!"

　　석기가 법카를 꺼내 들었다.

　　그동안 냉장고 광고 촬영을 하느라 고생한 모두에게 고기를 먹일 생각이었다. 촬영 첫날에는 오성전자 사장 이한준이 한우를 샀으니 오늘은 그의 차례라고 여겼다.

　　하지만 바로 그때였다.

　　"잠깐만요! 신 대표님!"

　　오늘이 마지막 촬영이라는 것에 오성전자 사장 이한준도 촬영장에 도착했다.

　　"오늘도 제게 양보해 주시죠. 오성 냉장고 광고를 찍느라 그동안 고생하신 모두를 위해 제가 한턱 쏘고 싶습니다!"

　　"한우로 말인가요?"

　　"네! 특등급 한우로 대접해 드리겠습니다!"

　　특등급 한우라니.

　　기꺼이 양보해 주기로 했다.

　　"하하! 좋습니다! 대신 노래방은 제가 쏘겠습니다!"

"하하하! 저도 좋습니다!"

석기와 이한준이 환하게 웃었다.

이런 분위기에 눈치빠른 스태프들이 환호성을 지르며 분위기를 더욱 즐겁게 만들었다.

"이한준 사장님 최고!"

"신석기 대표님도 최고!"

"와아! 한우 먹으러 갑시다!"

오성 냉장고는 촬영 첫날부터 좋은 분위기 속에서 시작했고, 마지막 날까지도 모두가 웃는 얼굴로 촬영을 마칠 수 있었다.

촬영장에 있는 모두가 한마음으로 멋진 광고를 찍고자 최선을 다한 결과이기도 했다.

'좋군.'

여기저기서 연신 웃음소리가 터지고 있는 촬영장의 들뜬 분위기에 석기가 빙그레 웃었다.

비록 유토피아 광고제작팀에서 찍은 광고는 아니었지만 이번 냉장고 광고로 석기는 얻은 것이 많았다. 특히 무엇보다 오성전자 사장 이한준과 인맥을 쌓게 된 것은 석기의 인생에 있어서 돈과도 바꿀 수 없는 소중한 일이었던 것이다.

'저쪽의 분위기는 어떤가 모르겠군.'

오성 냉장고와 경쟁하게 된 알지 핸드폰 광고도 오늘이 마지막 촬영 날이었다.

게다가 그곳은 오늘 찍은 신에서 명품 가방을 불태우는 장면을 찍을 예정이었기에, 엄청난 구경꾼들이 알지 핸드폰 촬영장으로 몰려간 상황이기도 했다.

'이왕이면 명품 가방을 불태우는 장면이 최대한 화려하게 나오는 것이 좋을 거야. 그래야 나중에 더욱 배가 아플 테니까.'

❄

알지 핸드폰 광고 촬영장.

수많은 사람들이 광고 촬영을 구경하고자 몰려든 촬영장의 분위기였다.

그런 촬영장의 한곳에 명품 가방들이 수북하게 쌓여 있었다.

"저게 모두 명품 가방들이라니?"

"헐! 완전 아깝다!"

"저거 H사의 신상 가방 맞지?"

"맨 꼭대기에 놓인 가방?"

"진짜 저걸 태울 모양인데?"

"본래 저 가방 은가비 거였다지?"

"셀럽 은가비 블로그에 올라왔어. 130억짜리 가방으로 더욱 유명해졌잖아!"

"저 가방 태우기 전에 한 번만 들어 봤으면 원이 없겠다!"

"나도!"

구경꾼들은 핸드폰 광고 촬영을 위해 한쪽에 쌓아 놓은 명품 가방들을 바라보며 제각각 여러 가지 표정을 짓고 있었다.

특히 은가비가 명성 미디어에 130억에 넘긴 H사에서 제작된 신상 가방을 바라볼 때는 구경꾼들의 눈빛이 어딘가 복잡해 보였다.

서민이 대부분인 구경꾼들 입장에선 감히 손에 넣을 수 없는 신의 물건이나 다름없었다.

그런 엄청난 가방을 불에 태운다니, 한편으론 이게 무슨 미친 짓인가 싶기도 했다.

그리고 그런 가방 태우는 장면을 구경하겠다고 촬영장에 찾아온 것에 죄책감 비슷한 감정을 느끼게 되었다.

그러던 바로 그때였다.

감독에게 단단히 주의를 받은 조감독이 비장한 표정으로 확성기를 들고 구경꾼들 앞에 나타났다.

"지금부터 30분 후에 알지 핸드폰 광고 촬영이 시작되겠습니다! 오늘 촬영은 단 한 번에 오케이 사인이 나와야 하기에 각별한 주의가 필요한 상황입니다. 여러분의 협조가 아주 중요합니다! 만일 촬영에 방해가 되는 행동을 해서 문제가 될 경우 책임을 반드시 묻게 될 것이라 하셨습니다! 참고로 말쏟드리자면 현재 촬영장 한곳에 쌓아 놓은 명품 가방들 보이실 겁니다! 그중에서도 꼭대기에 올려놓은 H사 제품인 신상 가방은 촬영을 위해 130억이나 투자한 가방이란 점을 명심해 주셨으면 합니다! 그럼 부디 촬영이 무사히 끝날 수 있도록 여러분의 각별한 협조 바랍니다!"

확성기를 잡은 조감독이 구경꾼들을 향해 협조를 구하고자 나왔는데, 촬영에 방해가 되는 행동을 할 경우 책임을 반드시 물게 하겠다는 말이 나와서인지 구경꾼들의 표정이 굳어진 기색이 역력했다.

그리고 개중에 몇몇은 불만을 토로하듯이 수군거렸다.

"그럼 차라리 구경꾼 없이 촬영하지, 왜 구경해도 좋다는 말을 한 거야?"

"그러게. 촬영장 구경 오라고 홈피에 홍보를 할 때는 언제고. 이거 사람 꽤 불쾌하네?"

"대놓고 협박하는 분위기로군!"

"숨 한 번 잘못 쉬었다간 촬영에 방해가 되었다면서 130억을 물어 달라는 소리 듣겠네!"

"돈지랄을 한다 해서 통 크게 나오나 했더니 구경꾼들에게 돈을 뜯어내려는 심보일세!"

"괜히 왔어, 기분 잡치게!"

"자기야! 그만 돌아가자! 여기 있다가 나중에 돈 뜯기면 어떡해!"

"맞아. 재수 없으면 뒤로 자빠져도 코가 깨진다잖아?"

명품 가방을 불태우는 장면을 찍는다기에 호기심을 갖고 찾아왔던 구경꾼들 중에서 이탈자가 나오기 시작했다.

괜히 촬영장에 있다가 재수가 없어 재채기라도 했다간 촬영에 방해가 되었다면서 책임을 물 수도 있었으니 말이다.

그렇게 이탈자가 계속 생기자 촬영장에 남은 사람들 수가 거의 반으로 대폭 줄어들었다.

그리고 남은 이들 중에서도 나중에 괜히 꼬투리를 잡힐까 우려되어 가급적 멀리 떨어져서 구경하겠다는 이들도 나오다 보니 촬영장 분위기가 크게 어수선해졌다.

찰칵찰칵!

그때 이런 촬영장 분위기를 재미있다는 듯이 몇몇은 핸드폰으로 찍고 있었다.

"진수아 양! 스탠바이해 주세요!"

드디어 알지 핸드폰 광고 모델 진수아가 등장했다.

아직은 고딩 신분이라 어린 티가 나긴 했지만 풀 메이크업에 조금은 성숙해 보이는 의상 덕분에 여신처럼 돋보이긴 했다.

사실 진수아가 오늘 찍을 신은 많지 않았다.

명품 가방을 태우는 장면이 하이라이트였다.

물론 불타는 가방을 배경으로 진수아가 핸드폰을 들어 보이는 장면에서 그녀의 눈빛 연기도 중요하긴 했다.

"레디! 액션!"

감독의 숏 사인이 나왔다.

먼저 가방을 태우는 신이다.

감독의 신호에 주위에서 대기하고 있던 스태프 하나가 얼른 명품 가방에 불을 붙였다.

화르륵!

일부러 가방이 잘 타도록 휘발유를 끼얹은 상황이라 그런지 금방 불길이 일었다.

'아! 완전 아깝다!'

'헐! 진짜로 태우다니?'

'윽! 근데 연기가 너무 심하네.'

300억가량이나 투자한 가방들.

그것을 태우는 장면에 구경꾼들이 살짝 넋이 나갔다.

하지만 그것도 잠시.

가방의 성분들이 대부분 가죽이라 안 좋은 냄새와 시커먼 연기가 동반되었다.

구경꾼들이 코를 막고 뒤로 물러섰다.

'이거 생각보다 별로네.'

그때 가방을 태우는 신을 찍던 감독의 표정이 살짝 구겨졌다.

가방이 타는 냄새도 불쾌했지만, 그것보다 살벌하게 허공을 뒤덮은 검은 연기로 인해 막상 기대했던 것보단 그림이 멋지게 빠지지 못한 것이다.

하지만 감독은 이를 악물었다.

이번 신은 한번 카메라가 돌기 시작한 이상 돌이킬 수 없다.

그걸 누구보다 잘 알고 있었기에 감독의 기준에 만족스럽지 못해도 오케이 사인을 내려야만 했다.

"오케이! 컷!"

이제 마지막 신 촬영이 남았다.

스탠바이 하고 있던 진수아가 조감독의 안내로 촬영 지점으로 나섰다.

불길에 휩싸인 가방들을 배경으로 카메라가 세워진 방향을 노려보는 진수아의 눈빛 또한 이글거리고 있었다.

그동안 이틀마다 촬영장을 찾아와서 진수아 속을 뒤집어놓은 오세라였다.

분노가 머리 끝까지 치밀었지만 오늘을 위해서 참았다.

'오세라 회장에게 반드시 나의 가치를 증명해 보이고 말거야!'

드디어 감독의 슛 사인이 흘러나왔다.

핸드폰을 들고 눈빛 연기에 들어간 진수아.

이글거리는 그녀의 눈빛은 악마와도 같았다.

[명품 가방보다 더욱 멋진 알지 핸드폰!]

나중에 이 장면에서 광고의 카피로 적용될 내용이다.

"오케이! 컷!"

진수아의 눈빛 연기가 좋았다.

감독은 이번에는 자신 있게 오케이를 외쳐 댔다.

"와아아! 드디어 끝났다!"

"하하하! 이제 촬영이 끝났다!"

촬영이 종료된 것에 스태프들이 너무 기쁜 나머지 미친 듯이 환호를 질러 댔다.

정말이지 지옥 같은 촬영이었다.

이틀마다 촬영장을 방문한 오세라로 인하여 스태프들은 긴장의 연속이었다.

스태프들 대부분이 위장병을 달고 살았고, 감독은 원형탈모까지 생길 정도였다.

'이 정도면 오성 냉장고 광고를 쌉바를 수 있을 거다.'

촬영장에 뒤늦게 도착하여 마지막 신을 구경한 오세라.

팔짱을 끼고 서있는 오세라 곁에 도혁수가 함께했다.

오세라가 도혁수를 향해 지시를 내렸다.

"감독에게 금일봉을 전달해."

"알겠습니다."

"진수아 저 아이에겐 명품 가방을 선물로 건네고."

"네, 그러죠."

도혁수가 움직이는 것을 지켜보던 오세라가 흐뭇하게 웃

었다.

　잔뜩 돈을 들인 광고였기에 대중도 분명 관심을 가질 것이라 여겼다.

확실한 것이 좋다

광고 시사회를 갖게 되었다.

오성 냉장고와 알지 핸드폰.

광고 시사회도 경쟁하듯이 같은 날로 잡았다.

"와아! 민예리와 한여진이다!"

"인터뷰 따게 얼른 움직여!"

오성호텔 행사홀이 광고 시사회장으로 사용되었다.

대기업 오성전자에서 진행한 광고 시사회답게 많은 기자들이 몰려들었다.

"민예리 배우님! 냉장고 광고가 알지 핸드폰 광고와 같은 날에 매스컴에 공개된다고 들었습니다! 어떻게, 자신 있습니까?"

"결과와 상관없이 즐겁게 찍은 광고이니 분명 좋은 결과가 나올 것이라 생각합니다."

"한여진 양과는 드라마도 함께 출연하고 있는 거로 압니다! 광고까지 함께 찍게 되셨는데 한여진 양에 대해 어떻게 생각하시죠?"

"귀엽고 사랑스러운 후배이기도 하지만 여러 면에서 능력이 뛰어난 후배라서 제가 배울 것이 많습니다. 여진 후배님을 예쁘게 봐주시면 감사하겠습니다."

역시 톱스타답게 민예리는 기자의 질문에 차분히 응했다.

한여진에게도 질문이 쏟아졌다.

"한여진 양! 냉장고 광고를 찍기 이전에 유토피아의 〈아우라〉 립스틱 광고를 찍은 것으로 압니다! 립스틱 광고가 크게 대박을 터트렸는데, 이번 냉장고 광고에 대해선 어떻게 생각하시죠?"

"이번 광고도 대박을 터트릴 거라고 생각해요!"

"알지 핸드폰 광고 모델인 진수아 양이 한여진 양과 같은 학교를 다니고 있다죠? 서로 광고로 경쟁하게 되었는데 기분이 어떤가요?"

"연예계에 몸을 담고 있는 이상 서로 경쟁하는 것은 당연한 이치겠죠. 수아도 그렇겠지만, 저는 제가 찍은 냉장고 광고에 기대를 갖고 있어요. 무엇보다 민예리 선배님과 정말 즐겁게 찍은 광고라 대중의 사랑을 받는 광고가 될 것이라 믿어요."

한여진은 과거에 초고도비만으로 인하여 대인기피증까지 걸렸던 상황이나.

성수의 효과 덕분에 이제는 그런 증세가 모두 사라져 사람들 앞에서 당당하게 의견을 밝히게 되었다.

'내가 곁에 없어도 되겠군.'

석기도 시사회장에 참석했다.

민예리와 한여진이 기자들과 인터뷰를 잘하고 있으니 굳이 석기가 끼어 들 필요는 없었다.

게다가 이번 광고는 유토피아가 아니라 오성전자에서 주관하는 광고였다.

석기는 민예리와 한여진의 경호원으로 붙여 준 이들에게 둘의 안전을 신경 써 줄 것을 지시하고는 시사회장을 한번 둘러보았다.

'잘되었군.'

오성전자 사장 이한준.

때마침 그가 시사회장 입구로 들어서는 것이 보였다.

광고 시사회를 시작하기까지 시간이 아직 많이 남았다.

이한준과 나눌 얘기가 있었기에 석기가 얼른 이한준을 향해 움직였다.

"할 얘기가 있는데 조용한 곳이 좋겠군요."

"따라오시죠."

이한준은 동행한 비서실장을 물리고 석기를 행사룸 안에 있던 소형 룸으로 이끌었다.

"여기는 행사 진행을 위해 대기실로 사용되는 공간이니 조용히 얘기를 나누기에 좋을 겁니다."

"그렇군요."

석기가 보기에도 비밀스러운 얘기를 나누기에 적당한 공간처럼 보였기에 가볍게 고개를 끄덕여 주었다.

하지만 광고 시사회를 앞두고 갑자기 석기가 단둘이 보자는 것에 이한준의 낯빛이 살짝 굳어진 상태였다.

"혹시 광고 시사회에 무슨 문제라도 생긴 건가요?"

"그건 아닙니다. 나쁜 일로 보자고 한 것은 절대 아니니 걱정하지 않으셔도 됩니다."

"그럼 무슨 일로?"

이한준의 의문이 깃든 눈빛에 석기가 빙그레 웃으며 대화를 이어 나갔다.

"오늘 광고 시사회가 끝나면 다음 주에는 광고가 매스컴에 노출되게 될 겁니다. 그리고 광고 노출 하루 전에 은가비 씨 명의로 매입하게 될 130억 어치 분의 오성 냉장고가 사회적으로 소외된 계층의 사람들에게 기증이 될 것이고요. 물론 여기까지는 일전에 사장님과 이미 나눈 얘기이지만요."

"흐음."

이한준은 알고 있는 얘기를 꺼낸 석기의 저의가 궁금했기에 침음을 삼키며 석기의 얼굴을 지그시 쳐다봤다.

"오성 냉장고를 사람들에게 기증하기 전에 한 가지 더 추가할 것이 있어서 보자고 한 겁니다. 제가 임의대로 진행해도 상관없지만 기증하려는 물건이 오성 냉장고 출시와 때를 맞추는 것이 보다 효과가 좋을 듯싶어서 사장님께 말씀을 드리는 것이 좋겠다고 생각했습니다."

"그렇게 생각해 주셔서 감사합니다. 한데 무엇을 더 추가하시려는 거죠?"

"냉장고를 기증받을 사람들에게 유토피아에서 만든 생수를 함께 증정할 생각입니다."

"유토피아에서 생수도 취급하고 있었나요?"

"아직은 아니지만 앞으로 생수도 생산하게 될 겁니다."

"생수를요?"

석기의 말을 들은 이한준의 눈빛이 반짝였다.

유토피아에서 생산한 제품들.

아직은 화장품에 국한되고 있는 상태이나 유토피아에서 만든 제품들은 하나같이 대중의 호평을 받고 있었고.

심지어 단기간에 명품 반열에 오를 정도로 신비로운 효과를 가져다주기까지 했다.

"사장님께서도 알고 계시겠지만 저희 유토피아에서 만든 제품들은 가격대가 상당한 고가입니다. 그만큼 효과도 뛰어날 뿐더러 인체에 부작용도 전혀 없다는 점 때문이죠. 생수

역시 마찬가지입니다. 식수로 사용되는 일반 생수와는 달리 유토피아에서 만든 생수는 차원이 다른 생수라고 보시면 될 겁니다."

양평 야산에 자리 잡은 옹달샘.

그곳의 물을 이용하여 유토피아 생수로 만들어 판매할 생각이다.

작년에는 화장품에 치중하느라 여유가 없었지만 이제는 생수 사업도 운영할 계획이었고.

연구팀장 구민재는 시중에 판매하기에 적당한 생수를 만들어 내게 되었다.

물론 모든 것은 성수가 바탕이다.

그동안 유토피아에서 생산한 화장품과 마찬가지로 생수에도 성수가 내포되어 있다는 것이다.

그리고 판매 전략 역시 화장품처럼 명품으로 승부를 볼 생각이기에 생수의 단가도 상당히 고가로 책정될 계획이다.

[차원이 다른 생수라? 설마 동화 속에 등장하던 정령들의 샘물처럼 마시면 막 육체가 젊어지고 그런 거 아냐?]

이한준 속마음이 들렸다.

근접한 내용이긴 했다.

성수를 잘만 이용한다면 어쩌면 그런 생수도 만들어 내는 것이 불가능한 일은 아닐 수도 있다.

하지만 유토피아에서 생산할 생수는 건강을 보조하는 정도로 생각하면 좋을 것이다.

유토피아에서 생산한 화장품들이 피부와 연관이 있다면, 생수는 몸속의 장기와 연관이 있다고 보면 좋았다.

가령 위장이 좋지 못한 경우 생수를 마시면 위장병을 낫게 해 주고, 장염이 있는 경우 장을 편안하게 만들어 줄 것이다. 솔직히 그것만으로도 엄청난 생수이긴 했다.

"사람의 육체를 젊어지게 만드는 효과까지는 주지 못하겠지만 그래도 건강이 안 좋은 사람들의 신체에 도움이 되긴 할 겁니다."

"흠흠, 그렇군요."

이한준은 석기가 마치 자신의 속마음을 들여다보기라도 한 것처럼 나오자 당황했는지 헛기침을 흘렸다.

"해서 이왕 냉장고를 기증하는 일을 하게 되었으니 거기에 저희 유토피아에서 생산한 생수를 선물로 함께 드리고 싶습니다."

석기가 이런 생각을 한 것.

부자들은 자신의 건강에 많은 돈을 지출하는 것을 아까워하지 않겠지만.

소외 계층의 사람들이라면 몸이 아파도 병원비가 아까워 병을 방치할 경우가 많을 것이라 여겼다.

그런 점에서 유토피아에서 만든 생수는 건강이 좋지 못한 이들에게 상당한 도움이 될 터.

　물론 나중에 생수도 결국 화장품처럼 명품으로 대접을 받을 테니 고가로 가격대가 산정될 것이니 소외 계층의 사람들에게는 그림의 떡과도 진배없을 것이다.

　그랬기에 지금이 적기였다.

　오성 냉장고를 소외 계층에 기증하면서 생수를 덤으로 끼워 준다면 받는 사람이나 주는 사람이나 부담이 없을 테니 말이다.

　아직은 정식으로 유토피아 생수가 세상에 출시하지 않았다 뿐이지, 이미 법적으로 문제가 없도록 만반의 처리를 한 상태였기에 증정품으로 이용해도 전혀 하자가 없었다.

　또한 사업가인 석기였다.

　이번 일로 유토피아에서 만든 생수를 자연스럽게 홍보할 수 있는 수단이 될 수도 있다는 점이다.

　불우한 사람들도 돕고 생수도 홍보하고.

　거기에 알지 핸드폰 광고를 찍어 누르는 일에도 일조를 할 테니⋯⋯.

　이거야말로 일석삼조가 되는 셈이 아니겠는가.

　"냉장고에 생수를 끼어서 기증한다면 더욱 좋은 반응을 이끌어 낼 수 있으리라 봅니다! 아주 훌륭하신 생각입니다!"

　이한준은 석기의 의견을 적극적으로 지지했다.

유토피아에서 만든 생수.

솔직히 호기심이 일었다.

게다가 광고 경쟁에서 이기는 것으로 끝나는 것이 아니라 이번 광고 경쟁을 이용해서 불우한 사람들을 도우려는 석기의 취지가 너무 멋지게 보였다.

[나이는 나보다 어리지만 참으로 배울 것이 많은 사람이다. 이런 사람과 인맥을 쌓게 된 것은 내게 있어서 커다란 행운이다.]

이한준 속마음에 석기의 마음도 훈훈했다.

"참고로 이번 일도 양쪽 광고가 매스컴에 노출되기 하루 전까지는 비밀로 해주셨으면 합니다."

"알겠습니다. 하하하!"

이한준이 환하게 웃어 보였다.

✥

한편 알지 핸드폰 광고 시사회장.

이곳에도 많은 사람들로 북적였다.

기자들은 당연히 참석했고, 이번 광고가 오세라가 명성 미디어 회장이 되고 나서 처음으로 벌인 사업이라는 것에 명성금융의 총수 주현문까지 참석했다. 그 여파로 눈도장을 찍고 자 하는 명성의 직원들까지 다수 참석했다.

그러다 보니 알지그룹에서 주관하는 핸드폰 광고 시사회 임에도 어째 명성과 연관된 이들이 더욱 많았다.

그렇게 시사회장에 먼저 참석한 이들이 서로 인사를 나누 며 인맥을 다지고 있던 찰나.

드디어 알지 핸드폰 광고 모델인 진수아가 등장했다.

"광고 모델 진수아 양이다!"

"오! 백유란 씨도 함께 왔는데?"

"백유란 씨는 나이가 들어도 여전히 아름답군!"

"모녀 사이가 아니라 이모와 조카 사이라고 해도 믿겠어."

진수아는 부친 진태형과 모친 백유란과 함께 시사회장에 등장했다. 과거에 국민 여배우로 통하던 백유란의 등장에 시 사회장에 참석한 기자들이 크게 관심을 보였다.

게다가 핸드폰 광고 촬영에 명품 가방을 불태우는 신이 들어간 것으로 세간의 화제가 되고 있던 상태였기에, 기자 들이 우르르 진수아 주변으로 인터뷰를 따고자 몰려들기 시 작했다.

"진수아 양! 알지 핸드폰 광고를 찍었는데 가장 인상적인 장면은 어떤 장면이라 생각하시죠?"

"아무래도 가방을 태우는 장면이 아닐까 싶네요."

"가방이 불에 타는 장면을 찍을 때 기분이 어떠했나요?"

기자의 질문에 진수아는 속으로 이런 질문을 하는 기자에게 콧방귀를 뀌었다.

　솔직히 가방을 태울 때 검은 연기와 가죽이 타면서 풍기는 안 좋은 냄새로 인해 300억 가량이나 되는 명품 가방들이 허무하게 불에 타는 장면에도 진수아는 안타까움보다는 짜증이 났다.

　하지만 진수아는 광고 촬영 전날까지 촬영장에 찾아와 그녀를 개무시했던 오세라에게 그녀의 가치를 심어 주기 위해서 최선을 다했다.

　어쩌면 이글거리는 악마 같은 그녀의 눈빛연기는 오세라에 대한 분노일 수도 있었지만.

　"고가의 명품 가방을 태운다는 것에 정말 마음이 너무 아팠어요. 하지만 대중들에게 인상적인 멋진 광고를 찍기 위해서라고 생각하여 참고 촬영에 임하게 되었어요."

　진수아의 가식적인 대답에 이번엔 다른 기자가 질문을 했다.

　"진수아 양! 이번 핸드폰 광고 촬영에 오세라 회장님께서 지대한 관심을 갖고 계신 거로 압니다! 오세라 회장님께서 촬영장을 자주 방문하셨다고 들었는데 그 점에 대해 어떻게 생각하시죠?"

　이번 기자의 질문에 사람들과 인사를 나누고 있던 오세라가 흥미롭다는 눈빛으로 진수아를 주시했다.

진수아가 속으로 이를 빠득 갈아 댔지만 이런 상황에서 함
부로 말했다간 득이 될 것이 없다는 것을 알고 있었기에…….

"감사하게 생각합니다! 이번 핸드폰 광고가 대박 광고가
된다면 그건 모두 오세라 회장님 덕분일 겁니다!"

진수아가 오세라를 향해 가식적인 태도로 공손히 고개를
숙여 보였다. 어찌 생각하면 반대로 핸드폰 광고가 망하면
그것 역시 오세라 덕분이라는 의미일 수도 있었지만.

저녁 무렵.

광고 시사회가 끝났다.

오성 냉장고와 알지 핸드폰.

양쪽 광고 시사회에 참석했던 기자들이 두 광고가 모두 괜
찮게 빠졌다는 평을 내리게 되었다.

오성 냉장고 광고 시사회에 다녀왔다. 역시 대기업 오성전자
에서 만든 광고답게 신뢰감을 느끼게 해 주었다. 광고를 보는
내내 기분이 매우 흐뭇했다. 광고 모델인 민예리 배우와 한여
진 양의 찰떡궁합에 마음이 푸근해졌다. 사람의 마음을 따뜻하
게 만드는 광고라는 점에 높은 점수를 주고 싶다. 이번 광고도
대중에게 사랑받는 광고가 되리라 기대한다.

기자들이 올린 오성 광고 시사회 후기에 네티즌들의 반응은 대체적으로 호의적이고 훈훈한 편이라 볼 수 있었다.

　─광고 시사회 후기 완전 좋다!

　─인정! 레알 신뢰할 수 있는 대기업 오성이죠!

　─민예리와 한여진 케미 찰떡궁합!

　─광고 훈훈하게 잘 빠졌다니 완전 기대됨!

　─딸기 좋아~ 딸기 좋아~ 냉장고 광고 끝 부분에 한여진이 딸기 먹으면서 즉흥적으로 흥얼거린 노래인데 넘나 귀엽게 빠졌다죠?ㅎㅎㅎ

　─갑자기 딸기 먹고 싶다능~ㅎ

　─이번에 출시될 오성 냉장고로 혼수를 장만할까 해요~

　─혼수 제품으로 오성 냉장고 강추! ㅎㅎ

알지 핸드폰 광고 시사회 후기도 올라왔다. 알지 핸드폰 광고는 명품 가방을 불태우는 신을 광고에 집어넣은 효과 때문인지 인상이 강한 광고로 평가를 받게 되었다.

알지 핸드폰 광고 시사회를 다녀온 소감을 밝히겠다. 한마디로 강한 인상을 받았다. 수백억을 넘게 투자하여 찍은 광고답게 화끈했다. 명품 가방을 불에 태우는 신을 배경으로 알지 핸드폰을 들고 강렬한 눈빛 연기를 펼쳐 보인 진수아 양의 모습에서 카리스마가 작렬했다. 과연 이번 알지 핸드폰 광고가 대중에게 어떤 식으로 비칠지는 미지수이지만 인상적인 광고라는 점에 높은 점수를 주고 싶다.

알지 핸드폰 광고 시사회 후기에 네티즌들이 앞다투어 댓글을 달며 뜨거운 반응을 보였다.

　－알지 핸드폰 광고가 최고다!

　－고가의 명품 가방을 불태워 버린 패기에 한 표!

　－진수아 눈빛 연기 개소름이라죠?

　－알지 핸드폰 광고 촬영장에 구경 간 사람인데. 직접 봤는데 진수아 눈에서 레이저가 마구 쏟아지는 줄 ㅋㅋㅋㅋ

　－나도 촬영장 구경 갔는데 소름이 오싹 끼치더라고여～ㅋㅋ

　－나는 가방 타는 냄새가 너무 역겨워서 토 나오는 줄～ㅋㅋ

　－그래도 명품 가방 태운 거로 대중의 관심을 끈 것이니 성공한 거 아닌감?

　－차라리 그 돈으로 불우 이웃을 도우면 좋았을 텐데ㅠㅠ

　－동감! 돈지랄이 너무 심했죠ㅠㅠ

　－근데 알지 핸드폰이 진짜 명품 가방보다 더 좋을까?

　－난 명품 가방에 한 표!

　－나도! H사 신상 가방 태우는데 마음이 아파서 눈물이 나오던데. 진짜 아까비～

알지 핸드폰 광고 시사회 후기에 대한 네티즌들의 반응은 진수아의 눈빛 연기와 명품 가방에 대한 내용이 주요 화제로 대두되었다.

고가의 가방을 광고 촬영을 위해서 불태워 버린 것을 아깝게 여겼다.

게다가 차라리 가방을 매입하는 데 들어간 돈으로 불우한 사람들을 돕는 편이 좋았을 것이란 생각을 하는 이들도 있다는 점이었다.

참고로 아직 양쪽 광고가 아직 정식으로 매스컴에 노출된 상황은 아니었지만, 화제성으로 따지면 아무래도 오성 냉장고 광고보다는 알지 핸드폰 광고에 대중의 관심이 더욱 뜨거운 셈이긴 했다.

강남의 룸살롱.

광고 시사회가 끝나자 오세라는 뒤풀이 개념으로 도혁수와 임원 두 명을 데리고 룸살롱에서 술자리를 갖게 되었다.

상석을 차지한 사람은 오세라였고 옆으로 도혁수가, 맞은편에는 임원 두 명이 룸살롱 여자들과 함께 자리했다.

임원들은 회장인 오세라가 있는 자리라 체면을 차리느라 여자들이 따라 주는 술만 점잖게 마시고 있었고, 도혁수는 술을 전혀 입에 대지 않고 오세라가 술을 마시는 것을 잠자코 지켜보고 있을 뿐이었다.

그때 오세라가 술을 입에 대지 않고 있는 도혁수를 도발하듯이 말했다.

"도 실장님! 기분 좋은 날인데 목에 힘 좀 풀지 그래요. 술자리에 참석해서 너무 그러고 있는 것도 매너는 아니라고 생각해요."

사실 오세라는 기분이 찢어졌다.

알지 핸드폰 광고 시사회가 끝나자 시사회장에 참석한 이들이 대박 광고가 될 것이라면서 한참 동안 요란한 박수와 환호를 보낸 것이다.

처음으로 맡은 핸드폰 광고였다.

오세라가 생각해도 광고가 멋지게 잘 빠졌다.

예전 같으면 이런 경우 호스트바를 가서 신나게 놀거나, 아니면 클럽에서 친구들과 정신이 나가도록 술 파티를 벌였을 것이다.

하지만 명성미디어 회장이 되었다는 것에 행동을 자제하느라 이렇게 룸살롱에 찾아와 조용히 술자리를 갖게 된 것이다.

그런데 도혁수는 눈치도 없는지 기분을 맞춰 줄 생각 없다는 듯 저리 꼰대처럼 나오니 비위가 상했다.

"광고 시사회를 무사히 마친 것은 잘된 일이나 확실하게 결과가 나온 상황이 아닙니다. 긴장의 끈을 놓지 않는 편이 좋을 겁니다."

오세라의 들뜬 기분에 찬물을 끼얹듯이 도혁수가 바른 소리를 입에 올리자 그녀의 표정이 와락 일그러졌다. 이에 임원들이 눈치를 보듯이 나섰다.

"자자! 우리 도 실장님도 한잔 받으시죠! 제가 직접 따라 올리겠습니다!"

"맞습니다! 회장님과 이런 술자리는 처음인데 기분 좀 맞춰 주고 그러세요!"

임원들이 술자리 분위기를 좋게 하고자 도혁수에게 술을 권했지만 무안할 정도로 그가 냉정하게 임원들의 술을 거절했다.

"전 됐습니다!"

이런 상황에 그만 오세라가 발끈했다.

"분위기를 깰 생각이라면 먼저 돌아가세요!"

오세라는 명성금융 총수이자 외조부 주현문이 도혁수를 그녀에게 붙여 준 이유를 잘 알고는 있지만 오늘 같은 날은 도혁수가 영 마음에 들지 않았다.

반면 도혁수도 지금 상황이 마음에 들지 않았다.

이제 겨우 회장 자리에 오른 오세라가 광고 시사회 하나로 너무 쉽게 풀어진 것이 걱정이 되었다.

도혁수가 자리에서 일어섰다.

"차에서 기다리고 있겠습니다. 연락 주십시오."

"차에서 기다릴 필요 없어요. 실컷 놀다가 아침에 들어갈 거거든요."

술에 취해 감정이 격해진 오세라였기에 더욱 도혁수를 무시하듯이 나왔다.

도혁수가 그녀의 얼굴을 가만히 쳐다보다가 이내 문 밖으로 나가 버렸다.

"이익! 진짜 재수 없어! 광고 시사회도 좋게 끝났겠다, 기분 좀 맞춰 주면 안 돼? 우리 광고가 오성 광고를 압도할 것이 확실한데 뭐가 걱정이라고 저런 거야!"

오세라는 핸드폰 광고가 반드시 오성 냉장고 광고를 압도할 수 있을 것이라 자신했기에 도혁수의 행동이 얄밉게 느껴졌다.

그러자 오세라의 불평에 임원들이 얼른 그녀의 비위를 맞추듯이 나왔다.

"맞습니다! 오늘 기자들의 평도 그렇고 인터넷에 올라온 댓글도 오성 냉장고 광고보다 알지 핸드폰 광고에 더 뜨거운 반응입니다!"

"회장님! 핸드폰 광고 분명 대박을 터트릴 테니 걱정 말고 술이나 드시죠! 제가 한잔 따르겠습니다! 하하하!"

한편, 룸살롱에서 나온 도혁수는 주차장에 세워 놓은 차로 향했다.

그러고는 운전석에 기대앉은 자세로 그는 핸드폰을 들고 양쪽 광고 시사회 후기에 달린 댓글들을 하나하나 점검하듯이 확인하기 시작했다.

'오성도 그렇겠지만 명성에서도 이번 광고 시사회 후기에는 댓글 조작을 하지 않았을 것이니 올라온 댓글들은 모두 대중의 솔직한 반응이라 보면 되겠군.'

유토피아의 〈아우라〉 립스틱 광고가 발단이 되었던 악플 소동으로 인해 오장환이 명성미디어 회장 자리에서 물러나게 되었고, 그것을 계기로 명성에서도 더는 댓글 조작에 손을 대지 않게 되었다.

'역시 오세라 회장 말대로 대중의 관심이 오성 냉장고보다는 알지 핸드폰 광고의 시사회 후기에 더욱 격렬한 반응을 보이고 있긴 하군.'

그렇게 댓글을 확인하던 순간.

"응?"

도혁수 눈이 한 댓글에 고정되었다.

　　－차라리 그 돈으로 불우 이웃을 도우면 좋았을 텐데ㅠㅠ

도혁수가 입술을 꽉 깨물었다.

어차피 이런 댓글이 몇 개 정도는 나올 것임을 예상은 하고 있었지만, 내심 우려하던 일이 벌어진 것에 기분이 썩 좋지는 못했다.

고액의 명품 가방을 불태워서 만든 알지 핸드폰 광고였다.

자그마치 명품 가방들을 사들이는 데 투자한 금액이 300억이나 되었다.

만일 오장환 곁에 도혁수가 붙어 있었다면 그런 광고를 찍는 것을 반대했을 것이다.

'알지 핸드폰 광고가 인상적이라 볼 수 있지만 서민들 입장에선 광고를 찍기 위해서 거액을 허무하게 태워 버린 셈이니 돈지랄처럼 여길 수도 있을 테니까.'

하지만 이미 벌어진 일이다.

게다가 명성미디어 회장 자리에 오른 오세라가 첫 번째로 만든 알지 핸드폰 광고였다.

일단 핸드폰 광고에 대중이 관심을 보이고 있다는 것에 기대를 갖고 지켜보는 수밖에 없었다.

웅웅!

핸드폰 진동음이 흘러나왔다.

아는 인물에게서 걸려온 연락이라는 것에 댓글 보기를 멈춘 그가 통화 버튼을 눌렀다.

-도 실장님, 유토피아 신석기 대표가 술자리에서 빠져나와 어딘가로 향하고 있습니다.

"어디로 가는지 미행해."

-네, 알겠습니다.

유토피아 대표 석기.

그에게 사람을 하나 붙여 놓았다.

앞서 명성미디어 회장을 지냈던 오장환이 연달아 유토피아의 대표 석기와 경쟁하다가 물먹은 일로 인하여 명성금융 총수 주현문이 이를 갈았다.

주현문은 딸과 별거 상태에 들어간 오장환을 미워하고 있기는 해도 적어도 사업가로서의 능력은 타고났다고 인정하고 있던 터였다.

그랬는데 사위 오장환이 새파란 애송이 석기에게 당하고 있는 상황이 거듭되자 참을 수가 없었다.

주현문이 측근 도혁수를 외손녀 오세라에게 붙여 준 것은 명성미디어 회장이 된 오세라를 잘 보필하라는 의도로 보낸 것도 있었지만.

그것 이외에 유토피아를 견제하려는 의도도 포함되어 있었다.

아무래도 명성금융보다는 명성미디어가 사업적으로 석기와 부딪칠 일이 많다 보니 그를 명성미디어로 옮기게 한 것이다.

❊

부르릉!

운전대를 잡은 석기.

그가 향하는 곳은 경기도 양평에 위치한 연구소였다.

광고 시사회가 끝나고 술자리에 잠시 얼굴을 비치었던 석기는 그곳에서 술은 입에 대지 않고 밥만 먹고 나왔다.

–마스터! 뒤쪽에 미행 차량으로 보이는 수상한 차를 발견했습니다! 계속 마스터를 뒤쫓고 있습니다!

블루의 음성이 들렸다.

석기가 백미러를 살펴봤다.

아직 육안으로 확인되지 않았지만 블루가 잘못된 정보를 알려 주었을 리는 없다.

'미행 차량이라면 누가?'

현재 석기를 견제할 인물이라면 분명 명성 쪽의 인물일 터.

오장환은 회장 자리에서 물러난 뒤로 일절 회사 일에 관여하지 않고 있는 상태였다.

그렇다면 다음 회장을 맡은 오세라가 의심이 되긴 하지만, 그녀의 성격은 이리 주도면밀하지 못했다.

'도혁수가 붙인 인물이겠군.'

다년간 명성금융 총수 주현문의 측근으로 지낸 도혁수라면 그럴 만도 했다.

지금까지 계속 유토피아와 마찰을 빚었던 명성이지만 모두 물을 먹은 상황. 도혁수는 이번 광고 경쟁도 뚜껑을 열 때까지는 방심하지 않겠다는 의미로 석기의 일거수일투족을 감시하고자 미행 차량을 보냈을 수도 있었다.

'대중이 오성 냉장고보다 알지 핸드폰 광고에 더욱 뜨거운 관심을 보이고 있지만 그것이 거품일 수도 있다고 생각하여 긴장의 끈을 놓지 않고 있는 모양이다.'

—어떻게 하실 겁니까?

사실 미행 차량이 따라붙는다고 해도 문제될 것은 없었다. 성수에 대해선 그가 입을 다물고 있는 한 그 누구도 알지 못할 것이다.

하지만 지금 석기가 향하는 곳이 바로 연구소였기 때문에 꼬리를 달고 그곳까지 움직일 마음은 없었다.

'어떻게 나오나 한번 볼까?'

차의 속도를 대폭 늦춘 석기가 갓길로 차를 유도했다.

끼이익!

잠시 후, 갓길에 차를 멈춘 석기의 눈에 멀리서 따라오고 있던 검은색 차가 보였다.

'저놈이군.'

그러자 갓길에 세워진 석기 차량을 발견한 미행 차량이 지금까지 달려오던 속도에 비해 부쩍 속도를 줄인 상태로 앞으로 얼마간 움직이다가 석기와 조금 떨어진 갓길에 차를 세웠다.

끼이익!

이미 미행을 들킨 상황이다.

그걸 상대도 알고 있을 터.

그럼에도 저런 행동을 보인다는 것은 상대는 계속 석기를 미행할 생각으로 보였다. 석기가 향하려는 목적지를 알아낼 의도일 터. 그렇다고 차를 돌릴 마음이 없었기에 석기가 블루를 불러냈다.

'블루, 꼬리를 자르고 싶은데 가능할까?'

─안개막을 형성하겠습니다!

'안개막?'

─안개막을 시전하면 5분 동안 미행 차량의 앞에 뿌연 안개막이 형성될 겁니다. 차량 운행이 어려울 테니 더는 마스터를 뒤쫓지 못할 겁니다.

'그런 방법이 있었어? 좋아. 한번 시도해 봐.'

블루문에 설정된 정보안내원 역할인 블루였지만, 나날이 새로운 능력이 보강되고 있음을 눈치챌 수 있었다.

부르릉!

석기가 다시 차를 몰았다.

부르릉!

갓길에 멈춰 있던 미행 차량도 시동을 걸고 다시 석기의 차를 따라오기 시작했다.

─안개막을 시전하겠습니다!

블루의 음성이 들려왔다.

마침 도로에 미행 차량 뒤로는 다른 차가 보이지 않았기에 안개막을 시전해도 문제될 것은 없을 터.

"흠."

석기는 속도를 줄였다.

어떤 식으로 안개막이 형성되는지 궁금했기에 운전을 하면서 백미러를 유심히 살펴봤다.

하지만 안개는 보이지 않았다.

열심히 따라오고 있는 미행 차량만이 보일 뿐이다.

그러던 순간.

끼이이익!

갑자기 무슨 이유인지 석기 차를 쫓아오던 미행 차량이 급브레이크를 밟는 소리가 울려 퍼졌다.

'블루, 어떻게 된 거지?'

─마스터가 보시기엔 아무런 문제가 없어 보일 테지만. 미행 차량의 운전자에게는 갑자기 눈앞에 안개가 자욱한 상태로 보일 겁니다.

'혹시 환상 같은 건가?'

─그렇다고 보셔도 좋을 겁니다. 안개막 지속 시간은 5분이 한계이니 빨리 목적지로 움직이시는 것이 좋겠습니다.

'알았다. 고마워.'

블루 덕분에 무사히 미행 차량의 꼬리를 잘라 낼 수 있었다.

사실 석기가 야밤에 양평의 연구소를 찾는 이유.

광고 시사회 전에 오성전자 사장 이한준에게 언급하긴 했지만, 앞으로 유토피아에서 생수도 생산할 계획이었다.

보통 생수가 아닌 성수가 내포된 생수였기에 모든 면에서
차별화된 기획이 필요했다.

※

끼이익!

연구소에 도착했다.

차에서 내린 석기.

밤이었지만 불이 환하게 밝혀진 연구소의 분위기였다.

'회귀 전에는 저곳에 별장 건물이 자리했는데.'

연구소 건물을 바라보며 잠시 생각에 잠겼던 석기의 입가
에 씁쓸한 미소가 맺혔다.

회귀 전에는 연구소가 세워진 곳에 별장이 자리했다.

별장 안에서 죽임을 당했고, 근처의 야산에 그의 시신이
묻혔다.

'회귀 전에 이곳에서 내가 죽은 것은 우연이었을까? 아니
면 운명이었을까?'

주차장에서 우두커니 연구소 건물을 바라보던 석기의 발
길이 연구소 정문을 지나 후문으로 이어졌다.

실은 구민재를 만나러 이곳을 찾아오긴 했지만, 그 전에
잠시 둘러보고 싶은 것이 있었기에.

그렇게 석기가 향한 곳.

바로 야산의 옹달샘이었다.

"흐음."

옹달샘 앞에 걸음을 멈춘 석기.

이곳 역시 회귀 전과는 많이 달라진 분위기였다.

옹달샘 주변으로 사람들 출입을 금하도록 철책이 쳐져 있고, 근처에 생수 사업을 위해 가건물과 물탱크들이 설치되어 있음을 볼 수 있었다.

이곳의 옹달샘 물이 유토피아에서 판매할 생수의 원천이 되어 주는 셈이었다.

다행히 마르지 않는 샘물처럼, 옹달샘은 심한 가뭄에도 물이 마르는 법이 없이 항시 맑은 물로 가득했다.

수질 검사도 통과했다.

검사 결과 과거에 오랜 기간 블루문을 품었던 옹달샘답게 아무래도 보통 물보다는 좋은 성분이 많은 것으로 나왔다.

'블루문을 품었던 샘이라 그런지 아직도 옹달샘에서 성수의 기운이 느껴진다.'

이런 현상이 언제까지 이어질까.

궁금해진 석기가 블루를 불러냈다.

-앞으로 10년 정도는 이런 현상이 지속될 것이니 옹달샘 물로 생수 사업을 하는 것에 지장이 없을 겁니다.

석기는 속으로 크게 놀랐다.

10년 동안 성수의 기운이 유지되다니.

실로 놀라운 일이긴 했다.

'블루문의 효과가 그리 오래가다니 신기하군. 그럼 10년 후부터는 보통 옹달샘처럼 변한다는 거네.'

—그런 셈이죠. 그 후부터는 성수 사업에 옹달샘을 계속 이용하려면 마스터의 손길이 필요합니다. 일 년에 한 번 정도 옹달샘에 손을 담가 성수를 베풀어 주시면 되니 그리 어려운 일은 아닐 겁니다.

'다행이네.'

세상 사람들이 이 사실을 안다면 놀라 까무러칠 정보가 아닐 수 없었다.

하여간 생수 사업에 옹달샘을 10년까지는 이용할 수 있다는 것이 밝혀진 셈이다.

물론 그 후로도 석기의 능력으로 옹달샘을 계속 생수 사업에 이용할 수 있을 테지만.

'그만 연구소로 가 보자.'

석기는 연구소 방향으로 움직였다.

"어서 오십시오, 대표님!"

연구소 안으로 들어선 석기를 유토피아 로고가 들어간 실험 가운을 걸친 구민재가 웃는 얼굴로 반겼다.

수염도 정돈하지 않은 모습이었지만 눈빛은 샛별처럼 밝았다. 누가 말리지 않으면 밤새 연구소에 틀어박혀 시간 가는 줄 모르고 연구에 몰두할 사람이다.

"제 사무실로 가시죠."

"그럴까요?"

연구소 안에 연구원들이 몇몇 남아 있는 상태였기에 조용히 얘기를 나눌 분위기가 아닌지라 구민재는 석기를 사무실로 이끌었다.

"이한준 사장님과는 얘기가 잘 되었습니다. 오성 냉장고를 기증할 때 우리 유토피아 생수를 함께 제공하기로 했습니다."

석기의 말에 구민재가 눈빛을 빛내며 대화를 이어 나갔다.

"하면 냉장고 하나당 생수는 몇 병씩 기증하는 것으로 하면 되겠습니까?"

"10병씩 보내도록 하죠."

"제가 생각해도 10병이면 적당하긴 하겠군요. 생수병 크기는 대표님께서 지시하신 대로 500ml짜리로 제작된 상태입니다. 혹시 대용량 생수병을 제작하실 계획이라면 아무래도 시간이 필요하니 미리 말씀해 주셔야만 할 겁니다."

"우리 유토피아 생수는 대용량은 생산할 계획이 없습니다. 500ml 하나만으로 승부를 볼 생각입니다."

보통의 경우 생수를 생산하는 업체라면 2L짜리 대용량 생수를 생산하는 것이 당연했다.

　소비자들 입장에선 식수로 사용할 생수이다 보니 가격 면에서 저렴한 대용량 생수를 더 선호할 수밖에 없었다.

　하지만 유토피아에서 생산할 생수는 성수가 내포되어 있다 보니 보통 생수가 아니란 점에 용량에서 차별화 전략이 필요했다.

　대용량의 생수는 생산하지 않고 대신 중간 크기인 500ml 생수만을 생산할 계획이었다.

　"나중에 정식으로 생수를 세간에 출시할 경우 단가는 어느 정도로 책정하실 생각이시죠?"

　"10만 원을 받을 생각입니다. 화장품 가격을 생각하면 아주 저렴한 셈이죠. 물론 보통 생수에 비해선 고가이긴 하지만 유토피아 생수는 보통 생수가 아니니까요."

　"생수의 가치를 따진다면 사실 10만 원도 저렴한 편이죠. 그럼 이제 생수 명칭을 정하는 일만 남았습니다."

　500ml 생수병 제작은 끝났다.

　이제 생수의 명칭만 들어가면 바로 출고가 가능했다.

　석기는 안 그래도 생수의 명칭을 정하는 문제로 고심했다.

　다음 주면 소외 계층 사람들에게 생수를 기증해야 한다.

　그리고 이번 일은 직원들에게도 비밀로 해야 하는 일이다.

　그러다 보니 회의를 거치지 않고 석기 혼자서 생수 명칭을 정해야 했기에 단순하게 유토피아를 어필하는 차원에서 생수 명칭을 '유토피아'로 정했다.

"생수 명칭은 '유토피아'로 나갈 생각입니다. 생수 사업은 유토피아를 세상에 널리 알리는 사업이 될 겁니다. 그런 의미에서 단순하게 가는 것도 좋으리라 생각합니다."

석기의 말을 들은 구민재가 웃으며 고갤 끄덕였다.

"좋네요. 냉장고와 함께 생수를 소외 계층 사람들에게 기증하려는 이유는 선행을 베푸는 일에 동참하려는 것도 있지만, 앞으로 생수 사업을 시작할 유토피아 입장에선 홍보의 효과도 있기 때문이니 '유토피아'란 명칭이 대중에게 어필하기 좋겠습니다."

이번엔 석기가 반대로 구민재 얼굴을 보며 빙그레 웃었다.

연구를 하는 머리만 발달한 줄 알았는데 의외로 생각이 깊었다.

"임상 실험 결과는 어때요?"

"위염과 장염이 있는 이들을 대상으로 500ml 생수를 한 자리에서 다 마시게 했더니 증세가 크게 호전되었습니다."

"성수가 들어간 생수이니 부작용은 없었겠네요."

"물론입니다. 그리고 음식을 먹을 때 생수를 마시면서 먹을 경우에는 노폐물 배출이나 지방 분해가 잘되어 살이 찌는 것을 막아 주는 탁월한 효과가 있다는 것이 밝혀졌습니다."

"그렇다면 다이어트를 하는 사람들에게 아주 각광을 받겠군요. 음식을 많이 먹어도 생수를 함께 마시면 살이 찌지 않을 테니 말이죠. 나중에 판매 전략에 그 점을 어필하는 것도 괜찮겠군요."

생수는 화장품과는 달리 눈으로 직접 보여 주는 효과는 없지만 생수를 마실 경우 인체에 여러모로 도움이 되는 것만은 확실했다.

구민재가 다시 보고를 이어 갔다.

"게다가 화장품은 공정 과정이 까다로운 면에 비해서 생수는 옹달샘의 물을 그대로 용기에 담기만 하면 되니 수월합니다. 시간과 인건비 면에서 많이 절약될 테니, 앞으로 유토피아의 든든한 효자 상품으로 자리매김할 것이라 여겨집니다."

"말만 들어도 배가 부르네요. 그동안 고생 많으셨습니다. 덕분에 다음 주에 생수를 소외 계층 사람들에게 기증하고 나면, 그 후부터는 정식으로 출시하게 될 겁니다."

"모두 대표님 덕분이죠. 저야 대표님이 주신 성수로 연구만 했을 뿐입니다."

두 사람이 서로의 얼굴을 바라보며 환하게 웃었다.

화장품 사업으로도 크게 승승장구하고 있는데 거기에 생수 사업까지 비전이 밝다 보니 석기의 기분은 아주 흐뭇했다.

강남 룸살롱 앞.

차 안에 앉아 있던 도혁수.

오세라가 먼저 돌아가라고 했지만 그렇다고 먼저 갈 수는 없었다. 그걸 오세라도 알고 있을 터.

그럼에도 아직 술자리가 끝나지 않았다.

이러다 정말 오세라 말대로 아침까지 차 안에서 기다려야 하는 것은 아닌지 슬슬 짜증이 나기 시작하던 찰나.

웅웅!

핸드폰이 진동음을 토해 냈다.

얼른 핸드폰을 얼굴로 가져갔다.

"어떻게 되었어?"

-죄송합니다, 실장님! 갑자기 앞쪽에 안개가 자욱하게 끼는 바람에 차를 놓쳤습니다.

"안개가?"

-네! 한 치 앞을 분간 못할 정도로 심한 안개였습니다. 게다가 그쪽에서 제가 미행하는 것을 눈치챈 듯싶습니다.

"그렇다면 오늘은 그만 돌아가."

-알겠습니다.

상대와 통화를 끝낸 도혁수.

야밤에 석기가 어디를 찾아간 건지 궁금했지만 미행에 실패한 탓에 알아낼 수 없었다.

웅웅!

또다시 핸드폰이 울려 댔다.

이번 연락은 오세라 전화였다.

-우리 도 실장님, 설마 밖에서 나를 기다리고 있는 것은 아니겠죠? 잠시 후에 호스트바 애들이 여기로 출장 오기로 했거든요. 미리 말은 해 놓고 노는 것이 좋을 듯싶어서 연락했어요. 그럼 내일 회사에서 봐요.

도혁수가 주먹을 꽉 거머쥐었다.

룸살롱에 오기 전에 오세라가 호스트바에서 놀기를 원했지만 도혁수가 그건 절대 안 된다고 못을 박은 상황이다.

그랬는데 이곳으로 호스트바 애들을 부른 오세라의 행동에 도혁수는 더는 방관할 수 없었다.

타악!

도혁수가 차에서 내렸다.

"다들 여기로 집합해!"

도혁수는 주변에 대기하고 있던 경호원들을 룸살롱 앞으로 집합시켰다.

이어 검은색 정장 차림새인 경호원 셋을 이끌고 도혁수가 성난 태도로 성큼성큼 룸살롱 안으로 들어섰다.

"다시 오셨군요, 도 실장님!"

룸살롱 지배인으로 보이는 사십 대 초반의 사내가 도혁수를 공손한 태도로 맞이했지만 눈빛은 긴장되어 보였다.

'도 실장이 여기에 호스트바 애들을 부른 것을 눈치챘나 보군.'

지배인은 밖으로 나갔던 도혁수가 경호원들을 이끌고 흉흉한 기세로 다시 룸살롱으로 들어온 이유가 능히 짐작이 되었기에 사실대로 털어놓기로 했다.

"죄송합니다, 도 실장님! 오세라 회장님께서 막무가내로 호스트바 애들을 이곳으로 불러들이라는 지시를 내리는 바람에 어쩔 수 없이 따르게 되었습니다."

지배인은 오세라의 요청을 따르긴 했지만 룸살롱 지배인 입장에선 매우 불쾌한 일이다. 다른 곳에서 일하던 이들을 룸살롱에 들이는 일이니 말이다.

지배인 예상대로 도혁수의 눈빛이 차갑게 번쩍였다.

"당장 호스트바에 연락해서 출장을 취소시키세요."

"약간의 위약금이 발생할 겁니다!"

"상관없으니 취소시키세요!"

"알겠습니다!"

상대는 국내에서 현금 부자로 통하는 명성금융에서 다년간 총수 주현문을 보필했던 인물이다.

이런 인물과 척져선 절대 끝이 좋지 못했다. 특히 술장사를 접을 생각이 아니라면 말이다.

그랬기에 비록 명성미디어 회장인 오세라의 요구로 호스트바 애들을 이곳으로 불러들이는 짓을 하긴 했지만, 지금은 오세라보다는 도혁수의 뜻을 따르는 편이 좋다는 것을 본능적으로 간파했다.

"지금부터 룸 안에서 소동이 일어나도 절대 누구도 안으로 들어오지 마십시오."

"아, 알겠습니다!"

지배인을 향해 재차 경고에 가까운 말을 마친 도혁수가 경호원을 이끌고 오세라가 들어 있는 룸으로 움직였다.

"다들 밖으로 나가세요!"

경호원이 문을 열자, 안으로 들어선 도혁수는 먼저 술자리에 있던 아가씨들과 웨이터들을 죄다 밖으로 물렸다. 그로 인하여 안에는 임원들과 오세라만 남게 되었다.

'헉! 저 인간이 왜 다시 온 거야?'

'도 실장 표정을 보니, 이거 분위기 시끄럽겠는데.'

갑작스런 상황에 임원들 표정이 굳어졌다.

임원들은 오세라가 다른 곳에서 일하는 호스트바 남자애들을 이곳으로 출장을 오도록 한 것이 마음에 들지 않았지만, 회장이라는 그녀의 위치로 인하여 술자리를 떠나지 못하고 있었다.

그랬는데 그런 상황에서 떡하니 도혁수가 저리 눈을 시퍼렇게 뜨고 등장한 것에 임원들로선 가시방석이 따로 없었다.

'역시 돌아가지 않고 기다리고 있었어.'

반면 오세라는 오히려 도혁수가 경호원까지 끌고 룸에 다시 들어온 것에 투지를 드높였다.

솔직히 명성미디어의 임원들은 회사를 운영해 본 경험이

전혀 없는 오세라보다 명성금융 총수 주현문의 신임을 받고 있던 도혁수를 더 의식하는 분위기였다.

그런 분위기가 마음에 들지 않았기에 광고 시사회를 핑계로 도혁수를 골려 주기 위해 술자리를 갖게 되었는데, 역시 냉정한 인물답게 술은 입에도 대지 않고 그녀의 비위를 자꾸만 건드렸다.

그래서 화가 나서 그를 쫓아냈다.

하지만 도혁수의 성격상 그녀를 두고 먼저 이곳을 절대 떠나지 않았을 것이라 여겼기에, 일부러 도혁수를 자극하고자 호스트바 애들을 이곳으로 불러들였다.

임원들 앞에서 누가 상사인지 확실하게 보여 줄 작정이었다.

"흥! 간다고 하더니 다시 왔네? 근데 경호원들은 뭐야? 설마 나를 이곳에서 강제로 끌고 가겠다는 것은 아니겠지?"

취기가 올라 얼굴이 발갛게 달아오는 오세라 상태였다.

하지만 그녀는 도혁수에게 아직 자신이 건재하다는 것을 보여 주고자 일부러 목소리에 힘을 주었다.

살짝 혀가 풀리긴 했지만 정신은 완전히 맛이 가지 않긴 했다.

그런 오세라를 지그시 주시하던 도혁수가 경호원들에게 지시를 내렸다.

"회장님께서 술이 많이 취하셨다! 회장님을 집으로 모시는게 좋겠다!"

도혁수의 지시에 경호원들이 오세라 주위로 다가오자, 그녀가 콧방귀를 끼듯이 잽싸게 한 손을 들어 보이며 말했다.

"다들 스톱! 만일 내 몸에 손가락 하나라도 대었다간 너희 모두 해고될 줄 알아!"

그러자 오세라의 경고에 경호원들이 움찔거렸다.

그러고는 눈치를 보듯이 도혁수 쪽을 힐끔거렸다.

아무리 비서실장 도혁수의 위치가 대단하긴 했지만, 그래도 오세라는 명성미디어 회장이란 위치였기에 잘못 행동했다가는 그녀의 말대로 진짜 해고당할 수 있었기에 말이다.

"당장 지배인 들어오라고 해! 이게 대체 뭐 하는 수작이야!"

오세라는 자신의 말에 경호원들이 움직임을 멈춘 것에 기고만장하여, 이번엔 열린 문 쪽을 향해 밖의 사람들에게 들으라는 듯이 버럭 소리를 질러 댔다.

스윽!

그런 오세라 태도에 지배인은 안으로 들어오지 않고 오히려 도혁수가 한발 그녀 앞으로 나섰다.

"호스트바 애들은 이곳에 오지 않을 겁니다!"

"뭐, 뭐라고?"

"사람들 이목도 있고 하니 이만 집으로 돌아가시는 것이 좋겠습니다!"

"이이익!"

도혁수의 말에 흥분한 오세라가 앞에 있던 양주병을 들어 벽 쪽으로 거칠게 집어던졌다.

 퍼억!

 양주병이 박살이 났다.

 술병이 깨지면서 파편 조각 하나가 도혁수 볼을 스친 바람에 핏물이 맺혔다.

 "허억!"

 "으윽!"

 어수선한 실내의 분위기에 임원들은 누구의 편도 들지 못하고 눈치를 볼 뿐이었다. 도혁수의 음성이 서늘해졌다.

 "그만 일어나시지요, 강제로 회장님을 모시고 나가기 전에."

 "네놈이 감히!"

 오세라가 주먹을 꽉 거머쥐었다.

 오늘 이곳에서 도혁수를 누르지 못하면 임원들이 그녀를 우습게 여길 것이라 여기자 질 수 없다는 오기가 일었다.

 하지만 도혁수가 경호원들을 향해 냉담한 목소리로 으름장을 놓듯이 나왔다.

 "이건 명령이다! 잘리기 싫으면 회장님을 차로 모셔!"

 그제야 경호원들이 오세라에게 접근했다.

 두 명이 달라붙어 그녀를 양쪽에서 부축하듯이 움직였고, 남은 하나는 그녀의 물건과 벗어 놓은 겉옷을 챙겼다.

"이이익! 이것들이 감히 내가 누군 줄 알고! 나, 나를 건드리기만 해 봐! 다들 해고야, 해고!"

오세라가 마구 발버둥을 치며 난동을 부려 댔다.

하지만 술에 취한 탓도 있고, 성인 남자인 경호원들의 힘에 밀려 어쩔 수없이 그녀는 룸 밖으로 끌려 나가게 되었다.

"다치지 않게 잘 모셔라!"

도혁수의 지시에 분노한 오세라가 그를 노려보며 으르렁거렸다.

"감히 이런 짓을 하고도 무사할 줄 알아? 내가 외할아버지에게 말해서 너를 잘라 버릴 거야!"

"그러십시오!"

그렇게 오세라의 정리가 끝나자 도혁수는 이번엔 술자리에 남아 있던 당황한 임원들을 상대했다.

"다들 그만 돌아가시죠! 오늘의 일에 대해선 함구하시는 것이 좋을 겁니다!"

임원들을 뒤로 한 채 룸에서 나온 도혁수의 귀에, 경호원들에게 끌려가는 오세라의 고함이 시끄럽게 들려왔다.

"이익! 모두 잘라 버릴 거야! 아악! 잘라 버릴 거라고!"

참으로 피곤한 하루였다.

총수 주현문이 그를 오세라의 곁으로 발령을 내렸을 때 나름 각오하긴 했지만, 생각했던 것보다 더욱 엉망인 그녀였다.

사실 며칠 동안 보여준 오세라의 예의 바른 모습에도 그는 그녀를 절대 믿지 않고 있었지만.

미국에서 단기간 경영 수업을 받다가 한국에 들어온 후로는 오세라가 성격도 죽이고 얌전하게 도혁수의 말을 따르고 있었지만 술이 들어가자 예전의 고삐 풀린 망아지처럼 굴고 있었다.

그랬기에 오세라가 도혁수를 함부로 무시하지 못하고 의지하게 만들려면 한번 쓴맛을 보여 줄 필요가 있다고 생각했다.

부르릉!

오세라를 태운 차량이 룸살롱을 떠나는 것을 지켜보던 도혁수의 눈빛이 얼음처럼 차갑다.

스윽!

볼을 손등으로 문질렀다.

핏물이 묻었다.

손수건을 꺼내 손등을 닦고는 이번엔 핸드폰을 꺼냈다.

"나다."

명성미디어에서 알지 핸드폰 광고에 투자한 자금을 생각하면 무슨 일이 있어도 오성 냉장고 광고를 크게 압도하여 성과를 거둬야만 하는 것이 당연했다.

하지만 광고 시사회가 좋게 끝났다는 것만으로도 오세라가 저리 제멋대로 굴고 있는데.

만일 오성과의 광고 경쟁에서 성과를 거두게 된다면 그때는 도혁수가 오세라를 제어하는 것이 정말 어렵게 될 수도 있었다.

"당분간 신 대표를 미행하는 것을 중지한다."

-알겠습니다, 실장님!

오세라를 잘 보필하라는 총수 주현문의 지시가 있긴 했지만, 이건 도혁수의 자존심이 걸린 문제였다. 오세라에게서 항복을 받아 내기까지 도혁수는 당분간 그녀를 조력하는 것에 손을 뗄 생각이다.

'오세라는 이번 광고 경쟁을 너무 쉽게 생각하고 있다.'

도혁수는 유토피아 대표 석기를 떠올렸다.

이번 광고 경쟁에 분명 석기가 무언가 중요한 일을 벌일 것이라고 생각했기에 요즘 하수인으로 하여금 그를 계속 미행하도록 지시했다.

하지만 당분간 그걸 하지 않을 생각이다.

오세라에게 너무 실망한 나머지 도와주고 싶은 마음이 쏙 들어갔다.

'이번 광고 경쟁에서 오세라가 패하게 된다면 엄청난 자금을 헛되게 쓴 것이 될 거야. 그렇게 되면 나를 오세라 곁에 붙여 준 총수님의 실망이 클 테지만…….'

도혁수가 입술을 꽉 물었다.

총수 주현문을 생각하면 오세라를 위해 마음을 비우고 그녀가 원하는 대로 열심히 조력을 해 주는 것이 맞는 일이나,

문제는 도혁수 마음이 내키지 않았다.

회사 운영을 너무 쉽게 생각하는 오세라에게 화가 났다.

지금처럼 행동했다가는 명성화장품 꼴을 면치 못할 터.

명성미디어도 도산할 것이 불을 보듯이 훤했기에.

하지만 천둥벌거숭이 같은 오세라는 말귀가 통하지 않았다.

아직 양쪽 광고 경쟁이 끝난 상황도 아닌데 룸살롱에서 호스트바 남자애들을 부를 생각을 하다니 제정신이 아닌 것이 분명했다.

정말 이런 보스를 섬길 생각을 하니 입맛이 아주 썼다.

❀

유토피아 대표실.

출근을 하자 석기는 박창수와 차를 마시며 편하게 대화를 나누었다.

"어젯밤에 오세라 회장과 도혁수 실장이 한판 크게 붙었다는 소리가 들리던데."

"무슨 이유로 붙은 거지?"

석기가 의아한 눈으로 박창수를 쳐다봤다.

명성금융 총수 주현문이 오세라에게 붙여 준 도혁수는 석기로서도 신경이 쓰이는 인물이었다.

게다가 어젯밤에 도혁수가 사주한 것으로 여겨지는 미행 차량이 양평 연구소를 향하는 석기를 따라붙기까지 했던 것이다.

"어제 광고 시사회가 끝나고 룸살롱에 술을 마시러 갔다가 그곳에서 서로 의견 충돌이 있었던 모양이야."

박창수의 말에 석기의 눈빛이 빛났다.

"두 사람의 사이가 벌어진 거라면 우리로선 잘된 일이네. 어쩌면 이번 광고 경쟁에 도혁수가 오세라를 제대로 돕지 않을 수도 있겠군."

"그래도 광고 경쟁을 목전에 둔 상황인데 과연 그럴 수 있을까? 경쟁에서 패하면 도혁수 입장도 곤란할 텐데."

"그거야 두고 보면 알게 되겠지만 오세라의 성격을 맞춰 주기엔 도혁수의 성격도 꽤 만만치 않다는 점이지."

"이런 상황에 주현문 총수는 어떻게 나올까?"

"분명 둘을 중재하고자 하겠지."

석기의 입꼬리가 슬쩍 올라갔다.

의외로 상황이 재미있게 돌아간다.

어쩌면 이번 광고 경쟁이 오세라, 도혁수, 주현문. 이들 셋의 신뢰를 깨지게 만들 변수로 작용할 수도 있을 것이란 생각이 들었다.

그런 의미에서 오성 냉장고 광고가 아주 대박 광고로 뜨게 된다면, 셋의 관계에 더욱 금이 가게 될 수도 있을 것이다.

주현문.

그는 국내에서 현금 부자로 통하던 명성금융의 총수였다.

돈 많은 재벌치고는 겉으로 보기엔 크게 특별할 것이 없는, 그저 평범한 늙은이처럼 보이는 분위기였다.

하지만 평범한 외모에 비해 나쁜 쪽으로 머리가 비상하게 잘 굴러가는 인물답게 과거에 정부의 수뇌부와 손을 잡고 모종의 일을 벌인 덕분에, 명성금융을 오늘날 국내에서 내로라는 대기업으로 성장 시킬 수 있었다.

"총수님! 알고 계시는 것이 좋을 듯싶어서 말씀드립니다."

도혁수를 대신하여 주현문의 측근 노릇을 하고 있는 임기춘이란 인물이 어젯밤 강남에 있는 룸살롱에서 벌어졌던 소동에 대해 주현문에게 보고했다.

잠시 임기춘의 보고에 귀를 기울였던 주현문의 눈빛이 얼핏 흔들렸다.

실은 아침에 회사에 출근하기 전에 주현문은 외손녀인 오세라의 연락을 받았다.

–외할아버지! 도 실장과 더는 일을 못 하겠어요! 제가 아무리 회사 운영 경험이 없다지만 그래도 임원들이 보는 앞에서 저를 함부로 무시하는 것도 정도가 있지, 어떻게 경호원들을 시켜서 강제로 저를 룸살롱에서 끌고 나가라고 할 수가 있는

거죠? 차라리 도 실장보고 회장 하라고 하세요!

오세라는 엉엉 울면서 주현문에게 도혁수가 한 일을 그녀에게 좋은 편으로 각색하여 일러바쳤다. 그녀가 룸살롱에 호스트바 애들을 불러들이려 한 것은 쏙 빼고, 그저 도혁수가 그녀를 함부로 대한 것만 언급하면서 억울하다고 호소했다.

오세라는 주현문의 외손녀였다.

반면, 도혁수는 주현문이 신뢰하는 인물이긴 해도 어차피 소모품에 불과한 존재였다.

오세라가 주현문에게 했던 얘기와는 달리, 임기춘의 보고는 어젯밤 룸살롱에서 일어난 일을 사실대로 보고한 탓에 아무래도 비교가 될 수밖에 없었다.

그랬기에 팔은 안으로 굽는다는 말처럼 주현문은 모든 정황을 파악하고 있었음에도 이번 일은 오세라의 편을 들어주는 것이 좋겠다고 판단했다.

비록 오세라가 한 짓에 문제의 소지가 있긴 했지만, 하극상은 절대 용납할 수 없는 일이다.

그것도 임원들이 보는 자리였다.

아무리 죽을죄를 지어도 오세라는 명성미디어 회장이었다.

"도 실장을 불러들이게. 한번 얼굴을 보고 얘기를 나눠야겠네."

"알겠습니다, 총수님!"

알지 핸드폰 광고는 이번에 명성미디어 회장 자리에 오른 오세라에게 있어서 첫 번째로 시도하는 사업이라 볼 수 있었다.

그런 점에서 주현문은 외손녀를 위해서 물신양면 지원을 아끼지 않을 생각이었다.

그래서 능력도 뛰어나고 충성심도 강한 도혁수를 오세라 곁에 붙여 주게 되었다.

적어도 도혁수라면 자유분방한 오세라를 잘 이끌어 줄 것이라 여겼는데 벌써부터 마찰을 일으킨 것에 내심 도혁수에 대한 실망감도 없지 않았다.

'이번에 확실하게 세라의 입지를 굳히지 못한다면 임원들이 회장을 허수아비로 알 것이다.'

알지 핸드폰 광고가 이제 며칠 후면 매스컴에 노출된다. 그때까지 어떤 변수가 생길지 몰랐기에 오세라와 도혁수가 서로 사이가 벌어져도 곤란했다.

작은 구멍이 결국은 둑을 무너뜨리는 일이 될 수도 있다.

그랬기에 룸살롱의 일은 주현문 입장에선 별로 대단치 않은 소동이라 볼 수도 있었지만, 이제 겨우 회장 자리에 오른 오세라를 생각하면 이번 마찰의 중재는 주현문이 나서는 것이 답이라 생각했다.

물론 주현문은 도혁수 자존심보단 오세라 체면에 무게를 실어 주기로 했다.

"부르셨습니까, 총수님!"

명성금융 본사 총수의 집무실로 들어선 도혁수는 소파에 자리한 주현문을 향해 공손히 인사를 했다.

"도 실장! 자네를 여기로 부른 이유를 짐작하고 있을 것이라 생각하네."

도혁수는 주현문이 그를 부른 이유를 눈치채고 있었기에 총수를 향해 얼른 사과를 하듯이 고개를 숙였다.

"총수님의 심기를 어지럽게 만든 점 죄송하게 생각합니다!"

어젯밤에 강남의 룸살롱에서 오세라를 강제로 집으로 데려온 것에 앙심을 품은 그녀가 어찌 나왔을 것인지 눈에 훤히 그려졌다.

주현문에게 도혁수가 그녀에게 행한 행동을 그녀에게 유리한 쪽으로 각색하여 총수에게 일러바쳤을 것이 뻔했다.

"세라가 아직 철이 없기는 하지만 그래도 명성미디어 회장이 아닌가. 아무리 문제가 있다 해도 임원들 앞에서 비서실장인 자네가 하극상은 좀 곤란하지 않겠나?"

"모든 것은 제가 부족한 탓입니다. 오세라 회장님의 의중을 잘 헤아리지 못하고 섭섭하게 만든 점에 대해 사과를 드리도록 하겠습니다."

"뒤끝은 없는 아이이니 사과를 한다면 어제 일을 더는 문제 삼지 않을 거라고 보네. 세라를 위해서도 이번 광고 경쟁에서 반드시 오성 냉장고 광고를 압도해야 할 걸세. 그러니도 실장 자네의 도움이 아주 중요하다네."

"유념하겠습니다."

"그리고 어젯밤 룸살롱에 데려간 경호원들은 모두 해고 조치를 시키도록 하게나. 주인을 무는 개는 필요가 없다네."

"알겠습니다."

"또한 룸살롱 그곳도 오늘부터 영업을 못 하게 될 걸세. 감히 외손녀를 무시한 술집 따위 불태워 버리지 않는 것만도 감사하게 여겨야 할 거야."

"……!"

총수 집무실에서 나온 도혁수.

평소 냉철한 주현문인데 이번 일은 편파적인 일 처리라 여겨졌다.

어젯밤 룸살롱에서 오세라를 화나게 만든 이들 중에서 도혁수를 제외하고 모두를 손을 봐주게 된 상황이 되어 버린 것이다.

도혁수의 눈빛이 파랗게 타올랐다.

그동안 주현문의 신뢰를 받았던 도혁수였기에 오늘의 일은 커다란 상처로 다가왔다.

아무리 그가 총수를 위해 충성을 다해도 결국은 핏줄이 아

닌 이상 소모품에 불과한 존재로 취급받고 있다는 것을 깨달
았다.

꽃

"어서 와요, 구 팀장님!"

구민재가 석기를 찾아왔다.

그는 석기 앞에 시제품으로 만들어진 생수병을 내려놓았
다.

영어로 된 유토피아 로고가 들어간 생수병. 그 안에 들어
있는 물은 야산의 옹달샘 물. 샘물은 이미 검증이 되었으니
유토피아 로고의 평가만 남았다.

"합격! 심플하니 좋네요."

석기의 입꼬리가 호선을 그렸다.

생수병에서 신비로운 아우라가 넘실거린 탓이다.

'그렇다면 어디…….'

테이블에는 타 회사 제품의 생수병도 있었다.

구민재가 시제품을 가져온다는 것에 유토피아 생수와 비
교할 목적으로 가져다 놓은 것이다. 모두 3개의 제품들. 시
중에서 잘나가는 생수들이다. 그중에서 2개의 생수병에선
아무런 빛이 흘러나오지 않았고, 1개의 생수병에서만 약간
희미한 빛이 느껴질 뿐이었다.

"수고하셨습니다. 구 팀장님 덕분에 내일 냉장고와 함께 유토피아 생수를 소외 계층 사람들에게 차질 없이 기증할 수 있게 되었습니다."

석기 말에 구민재는 기쁘게 웃었다.

며칠 동안 정말 분주하게 움직인 결과, 유토피아에서 생산한 생수를 차질 없이 소외 계층 사람들에게 기증할 수 있게 된 것에 기분이 뿌듯했다.

구민재는 보람을 느끼는 기색으로 연구소로 돌아갔다.

"어서 와요, 은가비 씨!"

이번엔 은가비가 석기 사무실을 찾아왔다.

은가비가 석기를 만나러 온 것은 내일 방송에 출연할 문제를 상의하기 위해서였다.

석기는 은가비가 명성미디어에 H사의 신상 가방을 넘기고 받은 130억을 소외 계층 사람들에게 오성 냉장고를 기증하게 된 사실을 방송으로 보도하게 할 생각이다.

석기가 오성 냉장고 광고를 대중에게 부각시키기 위해서 계획한 일은 모두 세 가지였다.

첫째, 은가비가 힐링센터에서 복부 흉터를 치료받은 대가로 내놓은 130억을 오성 냉장고를 매입하여 소외 계층 사람들에게 기증할 것.

둘째, 유토피아 생수를 냉장고 기증 때 함께 기증할 것.

셋째, 은가비가 방송에 출연하여 선행을 베푼 사실을 밝힐
것.

은가비를 대중에게 공개하려는 이유는 선행을 베푼 그녀
를 모두에게 알리고 싶기도 했지만, 다른 한편으론 알지 핸
드폰 광고를 확실하게 밟아 주기 위해서였다.

거액을 들여서 사들인 명품 가방을 불에 태워 버린 알지
핸드폰 광고를 멍청한 쓸모없는 짓거리로 전락시킬 작정이
었다.

특히 이번에 명성미디어 회장이 된 오세라가 처음으로 벌
인 사업이라는 점에 석기는 더욱 독기를 품게 되었다.

"정말 방송에 나와도 괜찮겠어요? 솔직하게 말씀드리면
알지 핸드폰 광고를 압도하기 위해서 은가비 씨를 이용하는
것도 되거든요."

"상관없어요. 선행을 베푼 것을 사람들에게 제가 한 것으
로 알리는 일인데 오히려 제 입장에선 대표님께 고마울 뿐이
죠. 사실 말이 나왔으니 하는 말인데. 솔직히 따지면 130억
도 대표님의 수중에 들어갈 돈이었지 않나요."

은가비의 말에 석기가 빙그레 웃어 주었다.

그라고 왜 130억이 탐나지 않았겠는가. 하지만 석기는 마
음을 비웠다.

130억을 석기가 취하는 것보다 더욱 보람된 일에 쓰이게

된 셈이다. 더불어 광고 효과까지 볼 수 있다는 점에 그는 130억이 전혀 아깝지 않았다.

"생방송으로 진행되는 프로그램이니 많이 긴장이 될 수도 있을 겁니다. 저도 내일 방송국에 가 보겠지만 그래도 이걸 가져가서 출연 직전에 마시면 좋을 겁니다."

"아! 유토피아 생수네요?"

은가비가 석기에게 생수병을 받아들고는 유토피아 로고를 신기한 눈으로 살펴봤다.

"앞으로 유토피아에서 출시할 생수입니다. 은가비 씨에겐 오늘 밝히는 일이지만, 실은 소외 계층 사람들에게 냉장고를 기증할 때 저희 생수도 함께 기증할 겁니다."

"와! 진짜 대표님 너무 멋져요!"

은가비는 석기의 마음 씀씀이에 크게 감동한 기색이었다. 냉장고 문제만 해도 그런데 생수까지 기증한다니 말이다.

"이것 역시 사업적인 목적도 내포되어 있다고 보면 될 겁니다."

"그래도 유토피아에서 만든 생수라면 보통 생수는 아닐 텐데, 그걸 사람들에게 공짜로 베푸는 거잖아요."

"보통 생수가 아니란 것은 맞는 말이에요. 단가는 10만 원으로 일반 생수에 비해서 고가이긴 하지만, 일반 생수와는 효능적인 면에 있어서는 차이가 클 겁니다."

석기의 말에 은가비가 눈빛을 반짝거렸다.

은가비는 그동안 유토피아에서 생산한 화장품 제품들을 써 본 상태였기에 유토피아에서 만든 생수에 대해서도 상당히 기대가 되었다.

"어떤 차이가 있는 거죠?"

"흐음, 일단 음식을 먹을 때 생수를 마시면서 먹게 되면 소화도 돕고 살도 찌지 않을 겁니다. 그리고 위와 장이 좋지 않은 사람들에게도 뛰어난 효과를 가져다줄 거고요."

"와아! 완전 대박이네요! 저라면 10만 원이라도 얼마든지 구매할 거예요! 그리고 실은 저 위가 조금 좋지 않았는데 너무 잘되었네요."

은가비가 돌아갔다.

참고로 은가비가 위가 좋지 않다는 얘기에 그녀에게 준 생수는 내일 방송 출연을 잘 하라는 의미로 성수의 비율을 조금 더 높였다.

생수병의 물을 성수를 대폭 늘일 수도 있고 맹물로 만들 수도 있는 석기의 능력이었기에.

'이제 이한준 사장에게 연락을 하면 모든 준비는 끝났군.'

오성전자 사장 이한준도 은가비가 방송에 출연하는 것을 알고 있는 편이 좋았다.

-그러니까 은가비 씨가 내일 생방에 출연해서 오성 냉장고를 소외 계층 사람들에게 기증하는 것을 밝힌다는 겁니까?

"거기에 저희 유토피아에서 기증할 생수도 포함해서요."

-하하하! 그렇군요. 이거 정말 놀라운 소식이네요. 설마 이 것도 신 대표님 계획 중의 하나인가요?

"부끄럽지만 그렇습니다. 이왕 효과를 볼 바에는 확실한 것이 좋지 않습니까?"

-그도 그렇습니다. 하하하!

"은가비 씨가 생방에 출연하는 것으로 화력을 더할 겁니다."

-역시 신 대표님은 알면 알수록 놀라운 분입니다. 진심으로 존경합니다!

이한준의 말이 가식이 아닌 진심임을 알고 있기에 석기의 표정이 밝았다.

다음 권으로 이어집니다

공정거래위원회

현우 현대 판타지 장편소설

중소기업 후려치던 인간 탈곡기
공정거래위원회 팀장이 되다!

인간을 로봇 다루듯 쥐어짜며
갑질로 무장한 채 한명그룹에 충성을 바쳤지만
토사구팽에 교통사고까지 난 성균
깨어나 보니 다른 사람의 몸이다?

새로운 몸으로 눈을 뜨고 나자
비로소 갑질당한 그들의 눈물이 보이는데……
이번 생엔 그 죄를 참회할 수 있을까?

죽음의 문턱에서 얻은 두 번째 삶!
대기업의 그깟 꼼수, 내 눈엔 다 보여!

사령왕 카르나크

임경배 판타지 장편소설

『권왕전생』『이계 검왕 생존기』의 작가 임경배 신작!
죽음의 지배자, 사령왕 카르나크의 회귀 개과천선(?)기!

세계를 발밑에 둔 지 어언 100년
욕망도 감각도 없이 무심히 흘러가는 세월 속에서
결국 최후의 수단으로 회귀를 결심한 사령왕 카르나크!

충성스러운 심복, 데스 나이트 바로스와 함께
막 사령술에 입문한 때로 회귀하는 데 성공!
한 맺힌 먹방을 만끽하는 것도 잠시
뭔가 세상이…… 내가 알던 것과 좀 다르다?

세계의 절대 악은 아직 아무 짓도 하지 않았는데
멸망을 향해 미친 듯이 달려가는 이 세상
저 악의 축들을 저지해야 한다,
인간답게(!) 잘 먹고 잘 살기 위해서는!

꿈의 도약, 로크에서 하십시오
(주)로크미디어에서 신인 작가를 모십니다

즐거운 세상, 로크미디어는 꿈을 사랑하고 도전을 두려워하지 않는 작가 분들의 참신한 작품을 기다리고 있습니다. 21세기 장르 문학계를 이끌어 갈 차세대 선두 주자 (주)로크미디어에서 여러분의 나래를 활짝 펴 보시길 바랍니다.

모집 분야 판타지와 무협을 포함한 장르 문학
모집 대상 아마추어 작가, 인터넷 작가
모집 기한 수시 모집
작품 접수 시 유의 사항

1. 파일명은 작가명_작품명.hwp형식을 갖춰 주십시오.
1. 파일에 들어갈 내용은 다음과 같습니다.
   - 성명(필명인 경우 실명을 밝혀 주세요), 연락처, 이메일 주소
   - 제목, 기획 의도
   - A4용지 1장 분량의 등장인물 소개
   - A4용지 2장 분량의 전체 줄거리
   - 본문
1. 작품이 인터넷에 연재되고 있다면, 게시판명과 사이트의 구체적이고 정확한 주소를 기재해 주십시오.

선택된 작품은 정식 계약 후 출판물로 간행되어 전국 서점에 유통됩니다.
작가 분은 (주)로크미디어의 전폭적인 지원하에 전속 작가로 활동하시게 됩니다.
※ 자세한 내용은 로크미디어 홈페이지(rokmedia.com)를 참조하세요.

(04167)서울시 마포구 마포대로 45 일진빌딩 6층
(주)로크미디어 편집부 신간 기획 담당자 앞
전화 : 02) 3273-5135
www.rokmedia.com 　 이메일 : rokmedia@empas.com